# 彼女は一人で歩くのか？

Does She Walk Alone?

森 博嗣

講談社
タイガ

イラスト——引地　渉
デザイン——鈴木久美

目次

*Does She Walk Alone?*

*by*

*MORI Hiroshi*

*2015*

彼女は一人で歩くのか？

リックはヒキガエルのそばにうずくまった。それは灰の中に尻をおろし、砂を横にはねのけて、体が半分もぐれるほどの穴をすでに掘りおわっていた。そのため、地上には扁平な頭のてっぺんと目玉しか出ていない。いまやヒキガエルの新陳代謝はほとんど停止し、仮眠状態だった。目にはなんの輝きも、彼という存在の認知もない。リックはふいに不安におそわれた。こいつは死んでいる。たぶん渇きのせいで。だが、さっきはたしかに動いたのだ。

(Do Androids Dream of Electric Sheep? / Philip K. Dick)

## 登場人物

ハギリ ---------------------------------------- 研究者
アカマ ---------------------------------------- 助手
ウグイ ---------------------------------------- 局員
スイミ ---------------------------------------- 管理人
アリチ ---------------------------------------- 生物学者
シモダ ---------------------------------------- 局長
マナミ ---------------------------------------- 助手
チカサカ -------------------------------------- 動物学者
ニーヤ ---------------------------------------- 係長
リョウ ---------------------------------------- 生物学者
ジンバ ---------------------------------------- 世界委員

# プロローグ

研究室の棺桶《かんおけ》の中で目が覚めた。時刻は七時だった。

自宅へ帰るのが面倒になって、一週間ほどまえに注文して届けてもらった棺桶で、一晩の睡眠に使ったのは初めてだった。健康管理はするが、健康に影響を与えないスタンダードタイプだから値段も安かった。自宅の棺桶と同じメーカのものだが、やはり新しいものは、どことなくスマートだ。起き上がって外に出ると、自動的に上蓋《うわぶた》が閉まった。その状態でテーブルの代わりにもなる。だから、ソファの前に置いてある。

僕が起きたことで、モニタが明るくなった。目を覚ました直後の僕の目は不良で、しばらくはピントが合わないのだ。まずは、コーヒーでも飲もうと思ったが、湯だけ沸《わ》かして、さきにトイレに行くことにした。

トイレは何事もなくいつものトイレだったけれど、研究室に戻ってきたら異変があった。ソファに知らない女が座っていたのだ。もちろん、女性かどうか確認をしたわけではない。ただ、ファッション的に女性っぽいという意味にすぎない。

僕が部屋に入ってきたことに驚く様子もなく、すっと滑らかな動作で立ち上がった。上下とも黒い服装で髪も黒い。人形みたいな顔で、こちらを見た。もっとも、最近の女性はほとんど人形みたいだから、珍しいことではない。

「ハギリ先生ですね？」そう言った。日本語だ。

「えっと、何の用事ですか？」いきなりの質問は、少し失礼だと感じたので、不機嫌《ふきげん》な顔をしたつもりだが、もともと朝は不機嫌なので、なんの努力もいらない。

「私の用事は、貴方《あなた》がハギリ・ソーイであることを確認しないと申し上げられません」

「なるほど。私も、貴女《あなた》の有用性が確認できないかぎり、質問に答えようとは思いませんけれど」

「私は、ウグイと申します」彼女は、片手をこちらへ差し出した。

トイレに行くまえにメガネをかけていたので、彼女のライセンスを見ることができた。細かいデータはピントが合わず読めなかったが、国家公務員だということはわかった。警察と科学研究所の両方のアイコンもあった。それ以外のアイコンは知らないものだ。日本のものではないかもしれない。

「こんな朝早くから何の用ですか？」

「先生、私の質問にお答えになっていません」

「私は、ハギリですけど」

「わかりました」ウグイは頷《うなず》いた。「先生に危険が及ぶ可能性があるため、私が周辺の調査に参りました。調査期間は、とりあえず七十二時間です。その間に、対象を発見し排除するのが私の仕事です」

「危険が及ぶ？　どんな種類の危険ですか？」

「危険には、種類はありません」

「そうか、では、えっと……、誰が私に危険をもたらすのですか？」

「それは、私の管轄外です」

「わかりました。まあ、仕事の邪魔をしない範囲でお願いします。この部屋の捜索でも始めますか？　爆弾でも出てくると考えているのですか？」

「先生は、コーヒーを飲まれるところだったのでは？　私にかまわず、どうぞ。その旧式のポットの湯は現在九十二度です」

レンジのポットを慌《あわ》てて取りにいった。コーヒーメーカにカップを置いたところで、彼女に尋《たず》ねた。

「君は、コーヒーを飲みますか？」

「いいえ」こちらを見ないでウグイは答えた。

彼女は何をしているのか、というと、部屋の中央に立って、こちらに背を向けていた。壁の棚を見ているようだ。ファイルが並んでいて、その手前に細々《こまごま》としたものが置かれている。ほとんどはなにかの記念というのか、単なる置物だった。自分としては、そういった類のものにさほど執着はないのだが、なにかの弾みで自分の元へやってきた場合、すぐに捨てられない気弱さがあって、その小さな躊躇《ちゅうちょ》が蓄積した結果だ。

一人でコーヒーを飲んで、モニタに向かった。数々の連絡に目を通し、昨夜の解析結果をもう一度見た。実験については、午前中にやることはない。助手のアカマが打合わせにくる約束だが、それにはまだ少々時間があった。

ウグイには背を向けていた。彼女が何をしているのか、興味はなかったからだ。しかし、部屋はそれほど広いわけではない。五メートルほどのところに、彼女はいる。物音を立てないので、歩いている様子もない。緊急の用件がないことが確認できたところで、カップに片手を伸ばし、椅子を四十五度ほど回転させて、後ろを振り返った。

ウグイはこちらを見ていた。背筋を伸ばして立っている。表情はない。視線は真っ直ぐで、また瞬《まただ》きもしない。彼女の顔の造形はインド系かな、と思った。ただ、色は白い。こういったことは、人工的にどうにでもなることなので、大した意味はないが。

「何をしているんです？　なにか危険が見つかりましたか？」と尋ねてみた。

「ここではない」無表情のまま、ウグイが答えた。

しばらく待ったが、そのあとの言葉はない。ここではないならどこなのかを説明するのが普通の感覚だと思うのだが。

「じゃあ、どこですか？」

「先生、今日のご予定は？」

「え？　予定って、特にありませんけれど。実験は午後からです」

「何の実験ですか？　どこで実験をしますか？」

「ここでします。実験といっても、数値実験です。コンピュータがあれば一人でできます」

「どこかへ出かける予定は？」

「いえ、ありません。ずっとここにいます」

「昨夜からここにいましたね？」

「ええ、ここで寝ました。そこにあるテーブルの中で」

ウグイは、テーブルを見た。さらに近づいて跪《ひざまず》き、テーブルに耳を当てた。中の音を聞こうとしているようだ。

「そんなことをしなくても、その蓋が開きますよ」

「ここではない」彼女は首をふった。ようやく少しだけ表情がわかるようになった。彼女の顔に僕が慣れてきたのだろう。

「じゃあ、どこです？」ときいてみた。

「どこか、心当たりがあるのでは？」

「さあ、どこと言われても……。何を探しているのですか？」

「殺傷能力のあるメカニズムです」

「へえ……。それくらいなら、どこにでもあるでしょう。使い方次第では、たいていのものは殺傷能力があります」

彼女は黙った。僕はコーヒーを飲んだ。カップ一杯のコーヒーでも、使い方によっては人を殺せるだろう、と考えていた。

彼女も、しばらくなにか考えていたようだが、こちらへ近づいてきた。僕は椅子《いす》に座っているが、その目の前に立った。多少、話をするには近距離すぎる。

「アカというのは？」

「え、何ですか？」見上げるようにして彼女の顔を顎《あご》の下から見てきき返す。

「そのカレンダです。今日はアカとあります」

モニタの隅に縮小された今月のカレンダが表示されていた。目が良いようだ。今日の欄にたしかにアカと書かれている。もちろん、僕が入力したものだ。

「これは、助手のアカマ君のこと」

「アカマクンと七時十七分に約束を？」

「打合わせをします」

「あと、およそ一分と二十三秒です」

「およそって言うかな、それ」

「こんな早朝にアポを?」

「そう、彼は夜型なんで、七時半には、帰宅してしまうんです。それもあって、ここで寝たんですよ」

「十七分というのは、半端な時刻ですね?」

「いえ、そうは思いません。ちょうど十三分話ができる」

「十三分の意味は?」

「話の内容から、それくらいはかかるかなって、推測して……」

「そういうの、くらいって言いますか?」

「え?」

真顔だったのでわからなかったが、どうやら冗談を返してきたようだ。侮《あなど》れない相手である。なにか特殊な訓練でも受けているのではないか、と疑いたくなった。

ようやく、ウグイは離れてくれた。再び部屋の中央に戻り、そこに立った。仕草はとても滑らかだ。細い躰《からだ》に似合わない安定感がある。どこかで見たことがあるな、と思ったが、そう、空手の演技を見ているようだった。ときどき止まって、動かなくなる。ポーズを取るのだ。あるいは、モデルのようでもある。そういうレトロな映像を見たことがあった。今では、モデルはもう実体ではなくなっているから、そういう職業は消えてしまった。

「来ませんね」突然、ウグイが呟《つぶや》いた。

「何が？」

「助手のアカマクンです」

その言い方は、僕が使った言葉をそのまま真似《まね》たようだ。振り返ってモニタを見ると、たしかに十七分を十秒ほど過ぎていた。アカマは、時刻には正確な人間だ。しかし、十秒くらいの遅れは許容できる。あと数十秒で現れるはずだ。

そう思ったときだった。

ウグイの向こうの壁がこちらへ膨《ふく》らんだ。

爆音とともに、視界が一瞬にして真っ白になった。

それよりも驚いたのは、その僅《わず》かまえにウグイが突然僕に抱きついてきたことだ。

声を出す間もない。

椅子に座っていたが、彼女にしがみつかれたまま、椅子からずり落ちた。

床が揺れ、天井《てんじょう》から何枚か板が落ちてきた。

しかし、もう一度見たときには、壁は歪《ゆが》んでいない。元のままだ。

なにかがぶつかるような低音、あるいはガラスが破《わ》れるような高音。

振動はすぐに収まった。窓ガラスも、ドアのガラスも破れていない。

「何だ？」と呟いていた。

「向こうの、隣の部屋は？」

「え?」

「立てますか?」ウグイは僕から素早く離れた。躰が柔軟らしい。

「隣は、アカマ君の部屋だ」そう言いながら、椅子に手をついて立ち上がった。「地震かと思ったけれど、違うね」

「小型爆弾です」

「爆弾?」

ウグイがドアへ行くので、その後をついていった。彼女がドアを開け、通路へ出た。

通路の光景は酷《ひど》いものだった。まだ、白い煙のようなものが低いところに残っていた。見える範囲では、隣の部屋の壁の半分が、通路側に倒れている。ガラスも壁材も散乱している。隣の部屋で爆発があったことはまちがいない。

「どうして……」と呟いていた。「爆発するようなものはないはずだ」

アカマの部屋には、古い書籍とコンピュータがあるだけだ。高圧ガスを使うような実験設備もない。爆発するような物質がない、と断言できる。そういう説明をウグイにしようと思ったが、彼女は煙の中へ入っていって、膝《ひざ》を折った。

既に音はないのに、まだ耳に響きが残っているように感じた。しだいに、そこにあるものが見えるようになってきたが、空中に浮遊した固形物質が重力で床に下りたためだ。ウグイが、倒れていたドアを横に退《ど》けると、そこに人が倒れている。

「アカマ君」僕はそちらへ駆《か》け寄った。「部屋の中から吹き飛ばされたのだろうか」

通路に俯《うつぶ》せになっていたが、僕の呼びかけに応じて、彼が顔を上げた。頭は真っ白になっていたが、顔は汚れていない。

「ハギリ先生」こちらを見て、いつもの小さな声で言った。「十七分から打合わせだったのでは？」

「そう、そのつもりだったけれど……」

「私の部屋で、資料と比較しようって話だったのでは？」

「あ、そうだっけ……」そう言われてみればそうだ。忘れていた。「勘違いしていた。部屋で待っていたんだ」

「先生が来ないから、呼びにいこうとしたら、これですよ」アカマはそう言って苦笑いのような顔をした。

「これって……」言葉を繰《く》り返《かえ》しながら、彼の部屋を見る。

通路側は窓もドアも吹き飛び、部屋の中が丸見えだ。向こうの窓も全部壊れている。棚は倒れ、書物が散乱している。幸い、燃えているものはないようだ。

アカマはようやく立ち上がった。洋服の汚れを手で払いながら、ウグイの方を見て、それから、こちらに顔を向けた。

「何が爆発したの？」と尋ねると、アカマは無言で首を横にふった。

ウグイがこちらへ近づいてきた。

「爆発の僅かまえに、ガラスが破れる音を聞きましたが」彼女はそう言った。

「あ、そうそう……」アカマがそれに頷いた。「ガラスが破れる音がして、あれって思ったら、これですよ」

「だから、これって何だよ」と問うと、またアカマは無言で首をふった。無言で首をふるのが常日頃から好きなのだ。趣味といっても良いレベルである。

ウグイは壁の方を向き、手を顳顬《こめかみ》に当てて独り言を呟き始めた。どこかへ連絡をしているようだ。ここの住所なども知らせている。それが終わると、またこちらへ戻ってきた。

「警察に知らせました。すぐに来ると思います」彼女は言った。

「先生……」アカマが横で言う。「誰です？」

「えっと、私のところへ来た客」そう答えた。

アカマは眉《まゆ》を顰《ひそ》め、苦痛を感じています、という顔をしてから、もう一度ウグイをじっくりと見た。一方のウグイは、アカマに目を合わせない。今は、通路の瓦礫《がれき》と、部屋の中の様子を壊れた窓から観察しているようだった。撮影しているのかもしれない。

「ここにいて、大丈夫でしょうか？」アカマがきいた。「テロですよね、これって」

「テロっていうか、もっと、目的が明確じゃないかな」

「え？　何が明確なんですか？」

「私が君との約束をちゃんと覚えていたら、爆発の時間には、この部屋の中に二人ともいたはずだ」

「でも、先生がちゃんと約束を覚えているのって、かなり確率が低いですよ」

「ま、それはそうだが……」

「何ですか？　私と先生の命を狙《ねら》った、ということですか？」

「そう考えられる。君だけを狙ったのなら、もっと早い時刻に爆発させただろう」

「時限爆弾ですか？」

「違います」ウグイが突然口を挟んだ。「外からガラスを破って飛び込んできた。それが爆発したのです」

「あ、だから、ガラスが……。え、何が飛び込んできたの？」僕はウグイにきいた。アカマに尋ねてもたぶん無言で首をふるだけだろう。

「この建物の外は、地面から十五メートル」ウグイは答えた。「投げ入れるのは人間には不可能です」

「オリンピック選手ならできるかもしれない」

「不可能は言いすぎました、不確実です」ウグイは表情を変えない。「もっと機械的なシステムを使って発射したか、あるいは推進機構を持った小型の装置です」

「え、ミサイルみたいな」

「ミサイルです」

どうも、会話をしているだけで神経を削られるような気がした。正確といえば正確だが、温かみというものが感じられない。

「もう警察が近くまで来ているので、大丈夫だと思います。私は、建物の周辺を調べてきます」ウグイが事務的な口調で言った。「先生は、部屋にいて下さい。コーヒーがまだ残っています」

「ああ……」とりあえず頷く。

通路の瓦礫を踏みつけて、ウグイは先へ行ってしまった。それを二人で見送った。

部屋に戻ると、アカマも一緒についてきた。自分の部屋があんなふうでは、しばらく片づける気にもなれないだろう。

「コーヒーがまだ残っています」アカマが囁《ささや》くように言った。彼女の言葉を真似したようだ。「誰ですか、あれは……」

「わからない。公務員らしい。身分証明を見せてもらったけれど、知らない機関だった」

「警察ですか？　なんか、手慣れている感じでしたね」

残っていたコーヒーを飲んだが、もう冷《さ》めていた。アカマはコーヒーを飲まないので、お茶が飲みたかったら自分で淹《い》れてくれ、と言葉をかけたが、また無言で首をふった。

警察が来たのは、その三分後だった。すぐに戻ってくると思われたウグイは、その後姿を見せない。警官からいろいろ事情をきかれたのだが、彼女のことをどう説明して良いものか少し困った。なにしろ、いちばん怪《あや》しい人物になりそうだからだ。

心当たりはまるでない。こんな危険な目に遭《あ》ったことも僕の人生にはなかった。もっとも、自分の実験でなら、あわやということは何度かある。これをかぶったら大火傷《やけど》だとか、ここに触ったら感電死だとか、そんな事例だ。自分はとてつもなくおっちょこちょいで、子供の頃から数々の失敗を繰り返しているのだが、幸いにも大人になってからはそういったことはなかった。とてつもなく慎重な自分を作り上げたからだろう。

「先生は、何の研究をされているんですか?」と刑事に質問された。

「それが、その、なかなか簡単に説明ができないんですよ。難しくても良いですか?」

「いえ、簡単にお願いします」

「まあ、簡単に言えば、測定方法の開発ですね」

「何の測定ですか?」

「まあ、簡単に言えば、頭」自分の頭を指さした。

「頭? 脳波みたいな?」

「そうです。グザイ波の一種で、比較的波長の長い領域です」

「グザイハですか、ははん……。わかりました」

「わかってないと思いますけど」

「それは、何ですか、その、国家機密とか、兵器に関連するような?」

「国家機密って何ですか? 兵器? うーん、まあ、関連するのかなぁ、どうなんでしょう」

「ようするに、その研究で、命を狙われるような可能性をお伺《うかが》いしているわけですが」

「ああ、そういう意味なんですか。だったら、そう言って下さい」

「どうなんです?」

「わかりません」無言で首をふりたかったが、さすがにできなかった。世の中のマナーというものを僕は知っているからだ。「誰かが勘違いして、私の研究が完成したら、国際社会に多大な影響があるって勝手に思い込んだのかもしれませんからね。そこまでの影響を含めたら、想像を絶します」

「国際社会に影響するような成果が、得られそうなのですか?」

「いいえ、今のところは、それほど……。そうなるのは、五十年くらいさきですね」

「そうですか……」刑事は、部屋をぐるりと見回した。「この職場で、妬《ねた》みを買うようなことは?」

「私がですか?」

「あるいは、助手のアカマさんも含めて……」

「私は、心当たりがありませんね。アカマ君は、どうでしょう。知りません」

「え、なにか、ありそうなんですか?」

「いえ、それほど親しくはないので」

「親しくない？　でも、先生の助手でしょう？」

「ええ。仕事でのつき合いしかありませんので」

「あ、そういう意味ですか。いえ、仕事での関係をお伺いしているのです」

「まあ、ちょっと無愛想な男なので、好かれてはいませんね。でも、爆死させようと思うほど酷くはないと思います。正常な神経ならば」

「まあ、そうでしょうな……」

# 第1章　絶望の機関　Hopeless engine

その想念の中には、本物の動物への切実な欲求もあった。電気羊への憎悪が、ふたたび心の中ではっきり形をとった。生き物そっくりに世話し、気をくばってやらなければならない。品物の分際で横暴だ、と思った。あいつはおれが存在していることも知らない。アンドロイドとおなじように、あいつにはほかの生き物を思いやる能力がない。

## 1

午後になると、警察は屋外の捜索を始めたようだった。ただ、何を探しているのかはわからない。アカマの部屋は立入り禁止になって、通路には警官が立っている。しかたがないので、僕の部屋のテーブルでアカマは仕事をすることになった。彼の部屋にあったコンピュータが壊れたものの、データはそこにはなかったので、たいしたロスにはならなかった。不幸中の幸いといえる。ただ、アカマに言わせると、古い書籍のファイルが幾らかダメージを受けたらしい。

「どう考えても、命を狙われたのは先生ですよ」と彼は言った。そう思いたい気持ちはわかるし、また、そう考えるのが合理的かな、とも思う。

「うーん、そうだね。いたずらにしては度を越している」椅子を回転させて、アカマの方を見た。「私のせいで君が危ない目に遭ったことは、申し訳ない」

「いえ、それは先生のせいではありません」アカマは言った。

「せめて、洗濯代くらいは出そうか」

「洗濯って、この服のことですか？　関係ないですよ。どうせいつかは洗うわけだし」

「警察が、もう少し説明をしてくれるものと思っていたけれど、さっぱりだったね」

「どんな説明ですか？」

「こういった事件が最近多いんですとか、犯人の目星はだいたいついているとか」

「そうですね。どちらにしても、気持ち悪いですね」

「気持ちはそんなに悪くないが、また同じことをされたら、困るな」

「本当に心当たりはないんですか？　どこかで恨《うら》まれていませんか？」

「ずっと考えているんだが……」首を捻《ひね》ったところ骨が鳴った。「いや、私ほど裏のない人間はいないと思うんだ」

「表しかないですもんね」

「そこまで言われたくないな」

「独身だし、恋人もいないし、友人もほとんどいないし、だいたい、研究所と自宅を往復しているだけだし……」

「自分のことを言っているのか?」

「あ、本当だ。そう言われてみれば、ほぼ同じ境遇ですね。まあ、でも、性格は真反対ですよ。だいたい、先生は昼型じゃないですか」

「それは性格ではない。単なる習慣だ。うーん、恨まれるようなことはないと思うんだがなぁ。うーん、最近、なにかあったかなぁ。遺産を相続したわけでもないし……」

「やっぱり、先生の研究を阻止しようという狙いなのでは?」

「それは、警察にもきかれた。でも、私の研究を止めることで、利益がある人っているかなぁ」

「そりゃあ、いますよ」

「いやいや、その研究上のライバルとかではなくて、研究成果が世に出ることで、企業というか組織というか、どこかが損害を受けるのか、ということだよ。そんなのって、ちょっとありえないような……、いや、待てよ、ありえないこともないか……。もしくは勘違《かんちが》いしているとかかもしれないし……」

「先生の研究の、その、究極の目的というのは、人間社会の秩序か発展ですよね」

「うん、たいていの研究の目的は、そうだね」

「子孫繁栄とは、関係ないですよね」

「まあ、そうかな」

「だとしたら、そうなっては困る、あるいは、うーん……、あ、そうだ、現在それで商売をしている人たちは、打撃を受けますよ」

「どういうこと?」

「たとえば、この薬を飲めば、夢を見るような気分になるとか、人間として最低になれるっていうの、売っているじゃないですか」

「下品なことを言うものではない」

「下品じゃないですよ」

「あれは、酒のことだろ。さもなくば、全部似非《えせ》だ。非科学だ。そもそもが詐欺《さぎ》だと思ってまちがいない」

「でも、化学的な作用で効果があるものも、出ているらしいですよ。違法ですけどね。それが違法だと判定されたら、商売上がったりじゃないですか」

「そんなのは……、上手くいってもだいぶさきの話だ。そうは問屋が卸《おろ》さないだろう」

「ま、そうですね。十年で実用化したら、学会賞ものですね」

「それに、私だけではない。何人かの研究者が挑んでいるテーマだ。何故《なぜ》、私だけが狙われるんだ?」

「最も狙いやすかったからでは？」

「ああ、なるほど……。それは一理あるな。いや、待て待て。狙いやすいからってのは理屈がない。見せしめみたいじゃないか」

「見せしめなんじゃないですか」

「うーん、べつに悪いことをしているわけじゃないしなぁ。変だなぁ……」腕組みをして、じっとアカマを見た。すると、彼が欠伸《あくび》をした。「あ、そういえば、アカマ君、今日は徹夜？」

「徹夜とは言いませんが、ええ、なんか目が覚めてしまって……。帰ったら、逆に危ないみたいな気がしたので」

「それもそうだ……」そこで立ち上がって、部屋を出た。トイレに行こうと思ったからだ。通路には警官がいて、こちらを睨《にら》んだ。頭も下げない。人間ではないかもしれない。

通路の角を曲がったところにトイレがあるが、その前の壁にもたれてウグイが立っていた。

「そこで何をしているんです？」

「なにもしていません」そう言いながら、壁から離れて、普通に立った。警官よりは人間らしい行動である。「先生は、どちらへ？」

「いや、トイレに」とドアを指さした。「ここは、安全かな？」

「大丈夫です」

「え、調べたの？」

「調べました」

「男性用だよ」

「見ればわかります」

その返事の不気味さを噛《か》み締《し》めながらトイレに入った。照明が自動的に点灯《てんとう》した。僕一人だ。鏡があったので、髪が立っているのがわかった。朝からずっとだろうか。

手を洗って出ていくと、彼女がまた壁にもたれていた。こちらを見ている。

「ウグイさん、名前は？」

「ファーストネームは、マーガリィです」

「マーガリン？」

「そう呼ぶ人も、多数です」

「今まで、どこにいたんです？」

「今までというのは？」

「外を見てくると言ってから、もう八時間ほどになる」

「この近辺を調べてきました。先生の自宅と、それからアカマクンの自宅も」

「君は、アカマさんと言った方が良いと思う」

「そうですか。では改めます」

「私の自宅は、爆破されていなかった？」

「されていません。ただ、何者かが侵入した跡がありました」

「え？　本当に？　どうしてわかったの？」

「リビングのキャビネットの引出しが開けっ放しでした」

「ほかには？」

「毛布が床に落ちて、洋服も散乱していました」

「なにか、盗《と》られていた？　壊されていた？」

「それは、私にはわかりません」

「ドアの鍵は？」

「施錠されていました」

「じゃあ、君はどうやって入ったの？」

「特別な方法で」

「どんな」

「部分的な破壊を伴いましたが、外見上はほとんどわかりません」

「ドアを壊したってこと？　え、それって……」

「重要度から考えて、事後の承諾が得られると考えましたが」

「引出しが開けっ放しとか、毛布が床に落ちているとか、それは、その……、日常的なものだと思う」

「そうなんですか?」ウグイは、意外にも意外だという顔をした。

「ちょっと、話があるから、えっと……、そうだ、屋上へ行こう」

「屋上ですか?」

「二階上」僕は指をさした。すぐ側《そば》に階段がある。

「屋上は、あまり安全とはいえません」

「どうして、飛び降り自殺をするから?」

「違います。狙撃されるからです」

## 2

狙撃される可能性は低いと判断して、二人で屋上へ上がった。天気はどんよりとした曇り。もっとも、この地方はこの季節、たいていこんなぐずついた天候なのである。もちろんこうなったのは、人間社会の大量消費に起因していることは、科学的にはほぼ合意が得られている知見である。

「何でしょうか?」真っ直ぐに姿勢良くウグイが目の前に立っている。話があると言ったのでついてきた、早く話をしろ、という憮然《ぶぜん》とした顔に見える。ただ、そもそも無表情で、失望と不満をデフォルトで顔に出している、と仮定した場合の話だ。

「アカマ君の自宅にも侵入したのか？」まず、それを確かめた。

「はい。今回の爆破事件において、彼が最も疑わしい人物です」

「ああ、つまり、ミサイルではないという意味だね？」

「外を調査しましたが、形跡は見つかりませんでした。警察も既に諦《あきら》めているのではないかと思われます」

「何のために自分の部屋を？　それはおかしい。意味がない。私を狙うなら、私の部屋を爆破すれば良い」

「先生が打合わせに来る、と考えていたのです。先生が来たら、直前に自分だけ外に退避する。そこで爆発させる」

「時限ではなく、彼がリモコンでスイッチを入れたと？」

「その可能性が高いといえます」

「いやぁ、彼はそんな人間ではない。もう古いつき合いなんだ。高校の後輩でね」

「その情報は、可能性を下げる効果がありません」

「君にはそうでも、私はそうではない。彼がやったんじゃない」

「人間を信じるのは、人間の代表的な弱点の一つです」

「誰が私を狙っているのか、教えてくれないか」僕は彼女の顔を真っ直ぐに見た。「管轄外だからって、知らないわけではないだろう?」

「はい、おおよそは想定しています。管轄外というのは、詳しくは把握していない、証拠となるデータを持っていない、という意味です」

「あれから、頭を冷やして少し考えてみたんだ。今の研究のうち、一番実用化が早いと思われるものは、グザイ波解析の一部分だと思う。私の研究の本流ではないが、近似式《きんじしき》としてプログラムに取り込むことは容易だ。来月の雑誌にそれが載る」

「その近似式は未発表ですね?」

「そう。近似式にまとめられる、と基本形を書いた。パラメータは十二あって、そのうち十は既に決まっている。残り二つも実験があと数週間続けば、たぶん、絞れると思う。十二の数が決まれば、そうだね、八十九パーセントの確率で判別ができる」

「何が判別できるのですか?」

「君は、それを知っているはずだ」

「いえ、だいたいの理解はありますが、先生の表現を伺いたかったので」

「思うという行為の現象について、科学的な証《あか》しだよ」

「思う、ですか?」

「君は、何と聞いた?」

「生命反応の有無と聞きました」

「それは違う。生命反応といったものは、単なるメカニカルな状態にすぎない。そうではない。人間が自然に考えているかどうかを判断できるという技術だ。生命反応ならば、人工的に簡単に再現できる。物理的に測定できるものは、それを模して発信ができる。生きているように見せかけることはとても簡単だ。しかし、考えているかどうかは、メカニカルなものではない。脳波は物理的なものだが、その変化は数量化ができない」

「でも、それをなさったのでは？」

「そこなんだ。そこが難しい部分になる。簡単には説明できないが、結果的には、数式に近似できるというだけだ。ぎりぎり近づくことができる」

「その研究成果を利用すれば、自然に考えているか、考えていないかが、測定できるのですね？」

「簡単にできる。でも、それよりも、たぶん、相手が欲しがっているのは……」

「相手？」

「うん、その測定をパスするためのノウハウだ。それがあれば、測定を無効にできる」

「可能ですか？」

「うーん、私はまだ、そこまでは考えていなかった。少し分野が違う。でも、そうだね、おおむね可能だと思う」

「そうなると、先生の開発した測定方法自体が無効になります」

「そう。しかし、論文の結果として出るのは数式とパラメータだけだ。それを利用して、測定は可能になる。しかし、同定のノウハウは、そこからは逆算できない。コンピュータを駆使《くし》しても、膨大《ぼうだい》な時間がかかるだろう。たぶん、何年もかかる」

「でも、先生の頭には、そのノウハウがあるということですね?」ウグイが言った。

「そうなんだ。たぶん、命を狙われるとしたら、そこだ。そこしかない。最初の近似式を導いた過程が、私にはわかっている。これは道筋のようなもので、論文には出ない。でも、逆算しようとしたときには、その道筋が計算範囲を絞り込む。一億か一兆の桁《けた》くらい時間の節約になるはずだ。つまり、可能だと思うというのはそういう意味。わかる?」

「ええ、おおよそわかりました」

「優秀だね。で、私の仮説をどう思う?」

「私がどう思うかは問題ではありません。ただ、もし理由があることならば、ほかの可能性よりもはるかに優位かと」

「そう、そのとおりだ。で、そうなると、アカマ君が犯人ではないことも導ける」

「いえ、そこには異論があります」

「どんな?」

「彼は、先生がお持ちのノウハウを部分的に既に持っていて、将来にその危険性が増すことを感じた」

「それはない。彼は、このテーマでは素人《しろうと》だ。データの解析に関しては、私が一人でやっている」

「では、どんな理由で無実が導けるのですか?」

「素人ではあるけれど、私がそれを知っていることを彼は知っている、あるいは、想像ができる。だとすれば、その世界に一つのものを消し去るようなことは、研究者だったらしないものだ」

「その価値観は、あくまでも個人的なものかと」ウグイは反論した。しかし、表情や口調にはまったく変化はない。「それに、私が可能性として想定していることは、それを超越しています」

「超越している? ああ……、君は、あれは、アカマ君ではない、と言いたいのか?」

「簡単にいえば、そうです」

「アカマ君でなければ、誰だ?」

「それは、議論すべき問題ではありません」

「わかった。もし、あれがアカマ君ではないのなら、何故、私と二人だけのときに、襲いかかってこない? ずっと二人でいたんだ。私は彼に背を向けて仕事をしていた。殺すチャンスはいくらでもあったはずだ」

「外に警察がいます。身の危険を冒せなかった」

「偽者が、そんな社会的価値に拘《こだわ》るだろうか?」

ウグイはそこで黙った。目を四秒ほど閉じた。再びこちらを見据《みす》えると、小さく頷いた。それから、一度下を向き、すぐに視線を上げて言った。

「アカマさんが人間なら、先生のおっしゃるとおりです」

すぐに答えられなかった。多少飛躍した論理だったからだ。しかし、飛躍していない、と思い直す。なるほど、そういうことか、とこれまでの経緯に考えが巡った。三秒くらいかかっただろう。

「なるほど、いろいろ辻褄《つじつま》が合う」

「え、では、アカマさんはやはり……」

「そういう意味ではない。君が来たこと、爆発があったこと、といった一連の全体像に関してスケールが把握できたという意味だよ。アカマ君は、私が思うには彼本人だ。そして、彼は人間だ」

「まちがいありませんか?」

「まあ、測定をしたわけでもないし、研究成果を適用したわけでもない。まだ、適用はできないしね」

「では、根拠はないということになります」

「根拠はない。そうなんだ、そこが、論理的思考の限界だ。そこが、私の研究の一つの到達点なんだ。人間は根拠によって理解や判断をするのではない。そうではなく、変化のパターンなんだ」

「意味がわかりませんが」

「わからないと思う。でも、この判断は、今のところ確かだという自信がある。あの男は、思考が単純だが、発想に基づいた言葉が出る。そういう意味では判断がしやすい」

「わかりました。では、その線はひとまず優先順位を落とします。となると、やはり外部からの攻撃で、実行したのはそれ相応のパフォーマンスを持ったメカニズムです」

「警察は、それを認識しているかな？」

「認識するように手配をしました。今日中に態勢が整うはずです。今は、ここは安全です。少なくとも自宅よりは」

「だろうね。自宅は鍵が壊されている」

「ここの方が見通しがきいて、大勢で守りやすいのです。既に、通常能力の増員は済ませています」

「廊下《ろうか》にいた、あの三人？」

「そうです」

「もしかして、あれは人間じゃない？」

「はい。ご存じだと思いますが……」

「知っている。でも、その、知らないふりをしている」自分でさきに思いついたことだが、簡単に肯定されたので、驚いた。もう少し、しっかりと近くで見たい、と思う。そんなことが許されるだろうか。

「まさか、君まで……、なんてことはないだろうね」

「どう思われますか？」ウグイは表情を変えずに問い返した。

「いや、どうも思わない。べつに、どちらでも私はかまわない。ただ、今の私の質問は撤回する。失礼だったと思う」

「失礼は感じませんでした。それは、私が人間でなくても同じです。また、もし人間でなくても、人間でないことの本当の意味を自分は知りません。そういうものだそうです」

「それは、誰が言った？　そんな重要なことを」

「誰からとは言えません」

「まあ、そうだろうね」

## 3

もう日が暮れようとしている。日は見えないが、だいぶ暗くなった。そういう時間だ。

ウグイと相談し、ここを出ることにした。やはり、同じ場所にいない方が安全だろう、という結論になった。

今夜は、あの新しい棺桶で寝られないのが残念だ、と思う。そうだ、アカマに貸してやろう。

部屋に一度戻り、帰り支度をした。まだ、アカマはテーブルで仕事をしていた。

「もう帰るけど」と言うと、彼は顔を上げて、小さく頭を下げた。挨拶《あいさつ》をしたつもりらしい。「えっと、しばらく、出てこないかもしれない」

「しばらくって、何日くらいですか？」

「まあ、二日くらいかな」

「明日は土曜日ですよ」

「あ、そうか……」そこで、無理に笑ってみたが、アカマは同調しなかった。やはり、本物のアカマだ。「君が使っている、そのテーブルだけど、新しい棺桶なんだ」

「知っています」

「なんだったら、そこで寝てもいいから」

「え、どうしてですか？」

「ソファで寝るよりは良いかなって」

「ああ、そういうことですか。帰るよりも、ここにいた方が安全じゃないですか？」

「私が？　君が？」

「どちらもです」

「別々にいた方が良いと思う」

「どうしてですか？」

「少なくともどちらかが助かる」

「そういうことですか」アカマは頷いた。

「じゃあ」

部屋を出た。警官がそこに立っている。この際だから、と思って近づいた。制服を着ていて、体格が良い。どれくらい良いかというと、僕の倍くらい重そうだ。

「ご苦労様です」と声をかける。「もう、帰りますので」

「お気をつけて」警官は少しだけ頭を下げる。いかにも適度な下げ方だった。

「貴方は、何が好きですか？」

「は？　何ですか？」

「好きなものをきいたんです」

「どうして？」

「いえ、何が好きなのかなって思って」

「べつに、その……」

「好きな音楽は？」

「音楽は、いえ、聴きませんね」

「え、音楽を聴かないのですか？」

「はい」

「そうですか。それは、また……」

「変ですか？」

「いえ、そんなことはありませんよ。どうも……、じゃあ……」そう言って離れようとしたが、思いついて振り返った。「中に、助手のアカマ君がいますので、よろしく」

「え、よろしくって伝えるのですか？」

「今、私はここから出てきたんですよ。よろしくって伝えたいはずがないじゃないですか。違います。アカマ君の身の上を貴方によろしくお願いします、と言ったのです」

「ああ、はい、了解しました」

「私の名前を知っていますか？」

「えっと、ハギリ先生です」

微笑《ほほえ》んでから、手を振って別れた。廊下の角を曲がって、トイレを過ぎ、階段へ行くと、ウグイが待っていた。二人で黙って階段を下りる。エレベータもあるが、僕はあまり使わない。少なくとも下りでは。人間の足に階段は馴染《なじ》んでいる。

「警官と話していましたね」

「聞こえた?」

「はい。いかがでした? わかりましたか?」

「うん。あれは人間じゃない。君の言ったとおりだ。しかし、よく機能している。アンチ・オプティマイズがよく利いている」

「反最適化とは?」

「ようするに、とぼけることだね」

「なるほど」

「三十年くらいまえに開発された技術だ」

「先生は、どこで判断されたのですか?」

「なんとなく……、うん、としかいいようがない。よろしくっていう意味で、わざとボケたわりに、私の名前は、けっこう短時間で答えた。あれでも、我慢をして思い出せない振りをしたつもりだ。普通だったら、ドアの横にあるネームプレートへ視線が動くはずだ。それもしないで、えっと、なんて言う」

「なるほど。そういうのも、近似式に現れるものですか」

「そういう見かけの問題じゃない。もっと、現象的な脳波の変化を捉《とら》える。その処理のし方が、幾分感覚的、経験的だけれどね」

「近似式では、個人差は、取り入れられるのですか?」

「そう。何度も測定するうちに、だんだん確率が上がる。それは、個人差を吸収するからなんだ」

「よくわかりませんが」

「わからないと思う」

駐車場に出た。僕の車の横に、高級車が駐《と》めてあった。近づくとドアが開いたので、彼女の車だとわかった。

「こちらに乗って下さい」彼女が言った。

僕の車はここに置いておけということらしい。それはそうかもしれない。たぶん、防御力に差があるはずだ。彼女の車はツーシータで、後部には荷物しか載せられないようだった。僕の車よりも軽量で、パワーは三倍くらいだろう。もっとも、そんなパワーを出すような機会はサーキットでもないかぎりまず訪れないはずだ。

自宅へ到着した頃には、だいぶ暗くなっていた。そもそも、この辺りはいつも暗い。駅から近いが、やや治安が悪く、不動産が安いエリアでもある。もうずっとここに住んでいる。必要な荷物を十分で集めなくてはいけない。彼女が十分と勝手に指定したのだ。バッグを探して、着るものと簡単な生活用品を詰め込んだ。自宅には端末があるが、それは特別なものではない。だいたい仕事は家に持ち帰らない主義だ。隣の部屋がアパートの管理人だったので、ベルを鳴らして呼び出した。年齢不詳の女性で、スイミという。ときどき話をするし、お菓子を持ってくることもあった。数日旅に出ると告げた。

「なんか、女の人が来ましたよ」とスイミは言った。

「ああ、ええ、知合いです」

「あ、そうなの……」と明るい顔になる。何がそうなのかわからない。

ウグイの車は、少し離れたところで待っていたので、そこまで暗い歩道を走った。小雨が降り始めていたからだ。車に近づくとドアが開いた。乗り込むまえに、後部にバッグを押し入れた。シートに躰が収まるとドアが完全に閉まらないうちに車が走りだした。

「で、どこへ?」と尋ねる。

「たった今、緊急の連絡がありましたので、そちらへ行きます」

「どこ?」

「アリチ博士をご存じですか?」

「アリチ? アリチっていうと、あのアリチかな……」

その名前にまったく心当たりがないわけではない。なにしろ、アリチ細胞という言葉は、教科書にも載っているはずだ。でも、人物として知っているのではない。知合いにもその名の者は一人もいない。

「爆発事故があったそうです。先生のところと同じ状況かどうか、確かめにいきます」

「どこ?」それを尋ねるのは三回めだ。

しかし、彼女はそこで黙ってしまった。ダッシュボードのモニタに映る文字を読んでいるようだ。僕ももちろんそれを見た。でも、まったく読めない。少なくとも見たことのない特殊な文字だった。ウグイが僕の質問に答えないのは、たぶんどこなのか知らないからだろう。しかし、車は走っている。座標としてのデータは既に届いたということか。

「君は、警察の関係者といえるの?」別の質問をした。

「関係の範囲によります」こちらを見ずに即答する。

「では、警察との上下関係は?」

「ありません」

走っているうちにすっかり暗くなってしまい、おまけに雨が降っているので、周囲の風景も不鮮明だ。どこを走っているのかわからない。モニタには地図が表示されていない。相変わらず、特殊な文字のようなものが流れていて、ウグイはそれを読めるようだ。どこの言葉なのかわからない。アラビア語でないことはわかった。

ハイウェイから下りていくと、周囲に建物が増えてきた。街中のようだ。警察か消防の点滅灯があった。赤と青だった。そこが現場らしい。車は歩道に寄って停まった。

「ここで待っていて下さい。外に出ないように」ウグイはそう言い残してドアを開けた。外の湿《しめ》った空気が感じられたが、彼女が立ち去ったあと自動的に閉まった。

駐車されたのは大きな道路で、たぶん駐車禁止のエリアだと思われる。歩道には見物人が大勢いた。数メートル奥まったところにビルがあって、マンションのように見えた。消防隊員もいるし警官もいる。しかし、見たところ、なにかが燃えているわけではない。

車のシートをリクライニングにすることにした。外から覗《のぞ》かれて顔を見られたくなかったが、スモークにするスイッチがわからなかったからだ。しかし、いろいろ考えているうちに眠くなってしまい、ドアが開いた音で目が覚めた。乗り込んできたのは、意外にもウグイではなかった。男性だ。ウグイがドアの外に立っていて、僕をちらりと見て言った。

「ドクタ・アリチです。そちらは、ドクタ・ハギリ。この車で安全な場所へ移動します」

それだけ言って、彼女はドアを閉めた。

ウグイが車から離れるのが見えた。二人乗りだから、こういうことになるのだ。彼女はどうするつもりだろう。タクシーだろうか。

お互いに簡単に挨拶をして、躰を捻って握手をした。

「あの女は誰ですか?」アリチがきいた。

「いえ、私も今朝会ったばかりです。私の研究室の隣が爆破されました。その直前に彼女が来ました。博士は、どうされたのですか?」

「自宅が爆破された。たまたま、私はロビィに出ていた。友人を送るためだ。部屋はめちゃくちゃだった。困ったもんだ。見境のないことをしてくれる」

車が走り始めた。モニタには「お好きな音楽をお選び下さい」と表示されている。暢気《のんき》なナビである。

「怪我人《けがにん》は？」

「家内が亡くなった」

「え？」

「救急車で病院へ運ばれていったよ。いや、あれはもう無理だ」

「それはまた……」

「いや、かまわんでくれ。実は……」アリチはこちらへ顔を近づけて囁くように言った。「人間じゃないんだ」

「あ、そうなんですか……」少し驚いた。そういったことは、普通ではない。それに、人に話したりしないものだ。

「本物の家内は、四十年もまえに死んだ。研究用に似たものを作ったんだ」

「なるほど、研究用ですか」

「いや、まあ、それは表向きだったかもしれない。残念なことだ」

「そうですね。残念でしょうね」

「うん、本物が死んだときよりも残念だ。まだまだ得られる知見があった。それよりも、いったい何なんだ、この事態は」

「まったくわかりません。私たちの研究が関わっていることは、確かなようですが」

「うん、そんなような話を、あの、えっと、ウグイという女が言っていた。警察にも話が通っていたみたいで、信用してついてきたのだが、大丈夫だろうね?」

「それもわかりません。でも、拒否できるような感じではなかったので」

「うん、若い女だと、つい従ってしまう」アリチが笑いながら話した。「あれは、人間じゃないな。よくできている」

その意見には、僕は賛同できなかった。僕の観察では、ウグイは人間だ。しかし、議論をしてもしかたがないし、彼女に対しても失礼になる。これは彼女の車だから、おそらく会話を聞いているだろう。アリチだって、それくらいはわかっているはずだ。冗談のように話したのはそのためかもしれない。

車はまたハイウェイに乗ったようだった。どこへ向かっているのかさっぱりわからない。途中で、アリチが音楽をかけたが、まったく趣味が合わないレトロ・ラテンで頭が痛くなりそうだった。

アリチは、見た感じは老紳士だ。髪はグレィで同じ色の顎鬚《あごひげ》とつながっている。服装はそのまま仕事に出かけられるものだった。客が来ていたと話していたから、そのためだろうか。そのあと、少しお互いの研究分野について情報交換をした。彼は、医学領域で人工細胞の世界的権威だ。もう半世紀以上もまえから第一線で活躍している。沢山《たくさん》の賞をもらっているはずだ。残念ながら、それらの固有名詞を一つも僕は記憶していないが。

驚いたことに、アリチは僕のことを知っていた。僕が開発した測定器を研究室で使っていて、効率と精度で他を圧倒している、と褒《ほ》めてくれた。社交辞令かもしれないが、まあ、それは事実そのとおりなのだ。使ってもらえれば性能の優秀さはわかる。ただ、なかなか広く普及しない。需要が少ないのが第一の理由だろう。アリチのところでは半年まえに導入したらしい。その測定器の次のバージョンアップを期待している、と彼は言った。次のバージョンが凄《すご》いことを知っているかのような顔だった。

話をしているとき、アリチはサイドウィンドウに指を当てて、それを動かした。文字を書いたようだ。こちらを見たが、語っているのは近所の飲み屋の話で、そこへ行けなくなるのが残念だという内容だった。ガラスに書かれたアルファベットを見ながら、僕も話を適当に合わせた。盗聴されていることを嫌って、伝えたいことがあるのだろう、とすぐにわかったからだ。アルファベットをつなげると、「あとで大事な話をしよう」と読めた。

## 4

車がある建物のロータリィで停まった。ホテルだろうか、とアリチと話をしていたが、後ろにもう一台車が近づいてきて、そこからウグイが降りてきたのが見えた。タクシーで来たらしい。そこで、こちらの車のドアが開いた。

場所のことを尋ねる間もなく、玄関の中へ導かれた。古風な着物姿の者が玄関に何人か並んでいて頭を下げた。誰もなにも言わない。建物の奥へ通路を案内され、幾度か角を曲がった。ずいぶん奥行きがあるようだ。最後に、クラシカルなインテリアの部屋に案内された。

「そうだそうだ。これは、温泉だ」アリチが言った。嬉しそうな声だった。

「温泉？　ああ、聞いたことがあります。ようするに風呂でしょう？」

「天然の湯が出るんだ」

「天然だろうが人工だろうが、湯は水を温めたものです」

「まあ、そうなんだが、いいじゃないか、この雰囲気《ふんいき》が懐かしい」

大きなテーブルがあって、そこの両側に二人で座った。ウグイは、奥の窓の方へ行き、安全を確かめているようだった。宿の者は、すぐに食事の用意をすると言って出ていった。

「腹が減ったよ」アリチが言った。

それに無言で頷いて、ウグイがテーブルの端に腰を下ろした。

「十人ほどですが、周囲を見張っています。明日は、飛行機に乗っていただきます」

「どこへ行くんですか？」僕は尋ねた。

「それは、明日ご説明します」ウグイがこちらへ軽く視線を移す。「先生方は、お互いにご面識があったのですか?」

「ないよ」アリチが言った。「名前を知っていただけだ」

「私も同じです」

「少しは説明をしてもらいたいのだが……」アリチが彼女に言いかけた。

「私には、その任務が与えられていません」ウグイが即答する。

「冷たいなぁ」アリチが溜息《ためいき》をつき、口を歪めて僕を見た。

「もしかして、ほかにも、同じように狙われた人がいるのかな?」考えていたことをきいてみた。

「いえ、今のところ、お二人だけです。日本では、という意味ですが」

「そんな、国際的な問題なのかね?」アリチが言った。「そうだ、飯のまえに、一風呂浴びてこよう。今日は大変だったんだ。ハギリ先生もいかがです?」

「えっと……、風呂というのは?」

「そこにあります」ウグイが指さした。

「違う違う、それはバスルームだ。私が言っているのは大浴場」

そういうものの存在を僕は知らなかった。ウグイは止めようとしたが、アリチが、「そんなに心配だったら、君も一緒にどうだ」と誘ったので諦めたようだった。

ただ、部屋を出て、大浴場の前まで彼女は一緒についてきた。外で待っているので、なにかあったら呼んでほしい、と言った。仕事熱心なことである。

大浴場には誰もいなかった。そもそも、ほかに客がいるとも思えない。それなのに、風呂は沸かしてあるのだから、今どき優雅なことである。

こんなに大きな風呂に入るのは初めてだった。湯気《ゆげ》で部屋が曇っている。ガラスの外に庭があるようだったが、暗いし、雨なのでよく見えない。湯の温度はかなり熱くて、慎重に入ることになった。

「ここなら、盗聴されないだろう」と小声でアリチが言った。それには黙って頷いた。

「君の研究は、人間以外を見つける脳波測定を、五年は前進させる」

「そうですね、五年もしないうちに対処を考えて手を打ってくるはずですから、こちらも、さらにオプションを用意しておかなければなりません」

「うん、それで、君が狙われたのかな?」

「どうでしょうか……。先生のご研究と、なにか関連がありますか?」

「あまりない。私はただの細胞屋だ。人工細胞の生産の効率化以外に、これといって新しい技術は持っていない。何故命を狙われたのか、と考えてみたんだが……」

「お心当たりがあるようですね」

「うん、一つだけ、もしかして、というものがある。それを生きているうちに、君に伝えておこうと思ったのだ」

大袈裟《おおげさ》な物言いだと思ったが、命を狙われているのだから、不自然ではないか。

「何ですか？」と尋ねた。

「クリーンな細胞が作られるようになって、百年以上になる。私が手がけたのは、その最終段階で、ほぼピュアな細胞が実現したのは七十年まえだ。先天性疾患《せんてんせいしっかん》も癌《がん》もなくなり、再生すれば、人は何百年も生きられるようになった。ただ、今我々が抱えている問題も、そのときから始まった」

「それは、この分野の科学者ならば、大勢が気づいていますが、いまだにタブーです。誰も、直接の原因をつきとめられません。科学的な証明ができなければ、口にはできませんからね」

「政府も公的研究機関も、データを一部隠している。ただ、社会情勢としては、明らかだ。みんなが心配しているし、自分たちにどんな肉体的変化があったのか、と悩むばかりだ。精神的な問題だという説も根強いがね」

「そういう問題ではありませんね。やはり、細胞ですか？」

「たぶん」アリチは頷いた。「だが、どうしても、決定的な結論が出ない」

「綺麗《きれい》すぎるから、完璧すぎるから、という説明では、不足ですからね」

「不足だ。そんな理由はありえない。何十年もそれが定説のように語られているが、その仮説を許容すれば、すべての生き物は不完全ゆえに繁栄したことになる」

「私は、そうじゃないかと考えています。完璧になったところで終焉《しゅうえん》だったのです」

「現象に関する印象的議論は不毛だ」

「それで……、何をお聞かせいただけるのでしょうか？」僕は彼に話の核心部を促《うなが》した。

「どの病原体なのか、その犯人を追って数十年になるが、そうではない」

「病原体ではない、というのですか？　では、遺伝子？　パラサイト？」

「いや、パラサイトが犯人だと思い込んでいるから見つからない。そうではない。いかなるパラサイトも加害者ではない。一つあるいは複数のパラサイトが、加害者ではなく、被害者なんだ」

「被害者？　え、えっと……、それは、どういうことですか……」しかし、そこで思考が巡った。湯の中に躰が沈みそうだった。「あ……、あの、え？」

熱い湯の中に躰があるのに、一瞬寒気がするほど震え上がった。

「え、まさか……」そう言って、アリチの顔を見る。

「今の説明だけでわかったようだね？」

「いや、まさか……」

「そういうことなんだ。だから、誰も見つけられない。実験も悉《ことごと》く失敗している。綺麗にすればするほど、解決できない」

「本当ですか？」

「どう思うね？」

「いえ、絶対に、そうだと思いました。心当たりがあります。えっと……、そうだ、そういうデータが幾つかあった。えっと……、ああ……」

「まあまあ、慌てることはない」

「駄目だ。ちょっと、頭がくらくらする」

「宇宙の物質が解明されたときも、物理学者たちは溜息をついた。それだけだ。絶対にそうだと思ったって、みんなが頷いたんだ。心当たりがあった。でも、だからといってなにか解決したわけではない。宇宙はいずれ停止する。それまでの間は、せいぜい地球にぶつかりそうな小惑星を計算して、軌道を逸《そ》らせる算段をするだけだ。科学がなしたものは、たかだかその程度のことだった」

「いえ、しかし、私はまだそこまで絶望はしていません」

「それは、君が若いからだろうね。うーん、いくつだね？」

「今年で八十になります」

「そうか、私の半分だ」

「いえ、それにしても、生命科学にはまだ、未知があります」

「未知は多いね。ただ……、我々の行く先に、道がないだけだ」自分の洒落《しゃれ》が気が利いていると思ったのだろう。アリチはそこで大袈裟に笑った。

僕は笑う気にはなれなかった。頭がくらくらして、なにも考えられないような状態だった。大きく深呼吸を何回もしただろう。

「のぼせたんじゃないのかね？」

「のぼせる？　あ、そうですね、そうかもしれない」僕は立ち上がった、たしかに躰がふらついている。「では、おさきに失礼します。外で待っています」

「私は、もう少し温まるとしよう。君よりも、熱容量が大きいからな」

その部屋から出て、躰を拭《ふ》いて服を着た。汗をかいている。

通路に出ると、壁にもたれてウグイが立っていた。こちらを一瞥《いちべつ》し、壁から離れた。

「君も入ったら良かったのに。ああ……、気持ちが良かった。喉《のど》が渇いたよ」

「そこに」と彼女は通路の隅を指さした。

細長い筒状のものが立っている。近づくとモニタに顔が現れる。「各種の飲みものをご提供できます」と言った。日本語である。こちらが日本人だと判断したようだ。

「えっと、冷たいもの。コーヒーとミルクが半々で」

「かしこまりました」

筒の中央付近が一部スライドして、中にコップが見えた。そこに上から液体が注《そそ》がれている。

「どうぞ」という声を聞いてから、そのコップを手に取った。モニタに値段が表示されたが、僕の感覚よりも二倍高い。場所柄だろうか。こういうのを何とかって言うんだけどなあ、と思う。

味はまあまあだ。飲みながらウグイのところへ戻った。

「何とかって言う」と呟く。

「ドリンクメーカですか」

「そうじゃなくて、値段が高い。弱みにつけ込んでいる」

「ぼったくり」

「そう、そうだ。凄いな君は」

「古典が専攻でしたので」

「あそう……。え、古典？　文学系？」

「何のお話をされていたのですか？　楽しそうな笑い声が聞こえてきましたが」

「私の笑い声ではないよ。君は、どんなことで笑うのかな？」

「質問の意味がわかりませんが」

「うん。自分でも、よくわからない。なんとなく、笑っているところが想像できなくて、きいてみただけだ。他意はない。気を悪くした？」

「いいえ、まったく」ウグイは首をふった。「そう言われてみれば、もう何年も笑っていないような気がします」

「え、そうなの。それは重症だ」

「笑わないというのは、いけないことですか?」

「いや、専門外だ。心理学になるのかな。自分で分析してみたら」

「面白い、楽しい、と感じることはありますが、それを態度で示そうという気持ちが希薄《きはく》なのだと思います」

「どうして、希薄なのかな? 子供のときから?」

「いえ、子供のときは、そうですね、笑ったと思います。ずいぶんまえのことですが」

「それは、みんながそうだね。たしかに、この頃は笑う人は少なくなった。笑ったところで、なにか社会が変わるわけでもないし」

「コミュニケーションのサインとしては、エネルギィが大きい。笑うことは、コストパフォーマンスが悪いといえます」

「そうそう。それは、大人の意見だ」

「大人ですから」彼女は小さく頷いてから、指を目の横に当てた。時間でも調べたのだろう。カフェオレを飲み干しても、アリチは出てこなかった。コップを捨てにいって戻ってくると、ウグイが言った。

「申し訳ありませんが、ちょっと中を見てきていただけないでしょうか?」

「え? ああ、アリチ博士のことを心配しているのかな」

「そうです」

「のぼせていたりしてね……」そう言いながら、笑ってみたが、彼女はむっとした顔のままだった。

大浴場にまた戻った。浴槽がある広い部屋の手前に脱衣スペースがあるが、そこにアリチはいなかった。まだ風呂に入っているわけだ。頭でも洗っているのだろうか。あの鬢はどうやって手入れをするのだろう。そんなことを考えながら、浴室の戸を開けた。だが、そこには誰もいなかった。庭に面している窓は閉まっている。もう一度、脱衣室に戻って、棚の後ろを探したがどこにもいない。ただ、脱いだ服がそのまま残っていた。

ドアを開けて、ウグイに「いない」と知らせると、彼女は中へ入ってきた。

「服はあるんだけれど」僕は言った。

ウグイは、浴室の中へ入っていった。僕もそのあとについていく。

アリチは、すぐに見つかった。風呂の湯の中に沈んでいたのだ。泡が出ているため、角度が浅いと見えない。それで気づかなかったらしい。

ウグイは、湯の中に入った。二人でアリチを湯の中から引き上げる。赤い顔は目を開いたままで、口が歪んでいる。息をしていないし、鼓動も停まっている。ウグイは、脱衣場の壁にあった救命機器を取りに走った。アリチを仰向けに寝かせ、電音パルスを与える。

ウグイは、それをしながら連絡をした。警察が相手のようだ。アリチに変化はない。

ウグイは、さらにアリチの口の中へ指を入れ、その指をポケットから出した小さな機械に当てた。なにかの分析器のようだった。

通路から二人の男が駆け込んできた。一人は警官。もう一人は制服ではないが、やはり警察の人間だろう。ウグイは、病院の手配をして、搬出《はんしゅつ》を警察がすることになった。救急車を呼ぶよりも早いからだろう。僕はバスタオルを何枚か持ってきて、アリチにかけてやった。さらに二人警官が来て、四人でアリチを運んでいく。

「助かるかな」とウグイに言うと、

「単なる事故ならば、ええ、たぶん大丈夫でしょう」と彼女は頷いた。「でも、そうではないかもしれません」

「何を調べたの?」

「薬物です。自殺か毒殺の可能性があります」

「毒を飲んだってこと? そんなのはありえないと思う」

「どうしてですか?」

「いや、その……、そんな感じではなかった」

「根拠が不充分です」

「そうかもしれない。毒殺っていうのは?」

「つまり、博士が自宅にいたときに毒を飲んだか、飲まされたということです。カプセルだったら、これくらいの時間を遅らせることは簡単です。友人が来ていた、と話していましたね」

「なるほど……」

ウグイはまた目の横に指を当てて、連絡をした。アリチ博士の友人を調べるように、という内容だった。アリチの現状については話さなかった。

「その友人は既に調べていたようですが、重要だとは考えていませんでした」彼女は僕を見てそう言った。

## 5

部屋に戻った。テーブルに料理が並べられていた。僕は腹が減っていたので、それを食べることにした。アリチの分をウグイが食べれば良いのにと思ったが、それは個人的な意見なので黙っていた。彼女は窓際の椅子に座って、メッセージのやり取りをしている。ときどき、囁くように話をしていた。忙しそうだ。

今まで一緒にいた人間があんな目に遭ったというのに、普通にご馳走《ちそう》を味わっているわけだが、この種のことには僕はまったく拘りがない。もっとも、最近では大多数の人間が気にしなくなった。なにしろ、人が死ぬということが非常に曖昧《あいまい》になったし、死というものが昔とは違った概念になりつつあるからだ。

　アリチは病院へ運ばれた。彼が死ぬのかどうかは、当分の間わからないだろう。それが普通なのだ。細胞の大半は生きているのだから、肉体を維持することは難しくない。問題は、同じ意識が戻るかどうかだ。それを生死の境と考えるならば、彼は死んだかもしれない。ベーシックな意識は戻せても、上層が同じ意識かどうかが重要になる。つまり、僕に、あのもの凄い仮説を語ったアリチ博士の意識がどの程度まで残っているか、という意味だ。

「君は食べないの？」自分はもう腹がいっぱいになったので、彼女に言ってみた。もしかして遠慮している、という可能性もないとはいえない、と思いついたからだ。

　彼女はこちらへやってきて、テーブルの対面に座った。

「私は、さきほど食事を済ませました」彼女は言った。

「いつ？」

「先生が浴場にいるときです」

「あそう……。それは、残念だ」

「何が残念なのですか？」

「いや、気にしないで」片手を出した。そんな簡単な食事で済ませてしまったことが残念だと感じたのだが、それは僕の個人的な感覚であって、彼女にはそんなものはきっとないのだろう。「今どき、なかなか珍しいご馳走だよ」

「そうですね」ウグイは頷いたが、料理を見ようともしなかった。

どうせ、ほとんどが作りものだ。動物性のものも植物性のものも、細胞を培養《ばいよう》させて作られている。もともとの動物も植物も、天然のものは今では貴重になってしまった。

「で、薬物の分析はどうだったの?」おそらく、データを送って、その分析結果が戻ってきたはずだ。

「毒物が検出されました。可能性は非常に高いということです」

「どちらの? 自殺、それとも、他殺?」

「それは、わかりません。ご本人の意識が戻れば良いのですが」

「アリチ博士は、命を狙われるような研究をされていたとは思えない」

「詳しくご存じなのですか?」

「いや、知らない」

「では、矛盾《むじゅん》した判断では?」

「うん。そうだね……」そこで溜息をついた。「しかし、毒殺となると、この料理も気をつけるべきだったかな」

「それは、大丈夫です」

「信じることにする。私は、どうして狙われているのかな? 君は、どう思っている?」

「どうも思っていません」ウグイは首を横に一度ふった。「それを知ることは任務ではありません」

「私を、明日行く場所へ送り届けるのが、君の任務?」

「はい。今はそうです」

「そこは、たぶん、政府の関係の機関だろうね」

「お答えできません」

こんな無愛想《ぶあいそう》であっても、話の相手がいるというのは落ち着くものだと思った。あるいは、自分を落ち着かせるのが彼女の主な任務だろうか、とも思えた。一人だけにされて、周囲に大勢の警察がいる状況を想像すると、少なからず憂鬱《ゆううつ》になる。余計なことまで考えてしまうだろう。

個人的な連絡は一切禁止されていた。端末も持っていない。だから、知合いの誰とも話すことができなかった。もともと独身だし、親族ともつき合いがない。親しい友達もいないので、まったく不便は感じない。ただ、それでも職場にいれば誰かとは話ができる。研究に関しては、同業者と議論ができる。今は、その後者のコミュニケーションを渇望している自分を感じた。話をしなくても良い。関連するデータを調べたい。しかし、そういったデータを見るためには、パーソナルなパスが必要で、そうなるとここに僕がいること、そのデータにアクセスしたことが誰かに察知されてしまうだろう。たしかに、それは危険に直結するような気がする。気がするでは済まされない可能性だとウグイは言いそうだが。

自分の思考が若干《じゃっかん》複雑になりすぎている、と感じた。要因が多すぎる。何が何に影響しているのか。今、問題になっているのは何か。そこがちっとも見えてこない。

最初は、人工知能を識別する測定技術が狙われている、と感じた。これは、たとえば、人工知能で商売をしている企業にはマイナスになるかもしれない。僕はそうは思わないけれど、それが本物の人間と同等の価値をウォーカロンが持っていることにしたい勢力にとっては、面白くない状況だ。だから、阻止《そし》しようとしている、と予測した。しかし、どうもそうではない。その程度ならば、むしろ僕を味方につけて、その測定をパスするプログラムを開発する方向へまず動くのではないか。何故なら、僕がいなくなっても、その測定技術は、多少の遅れはあってもいずれ実現するからだ。少なくとも、殺すまえに勧誘があっても良いはず。それがなかったことが不自然だと思った。

それに比べると、アリチが教えてくれた仮説は、もっとはるかに驚異的なものだった。科学的、歴史的に驚異的だということだ。まだ、僕の中でそれについて考えがまとまっていない。ただ、それが正しそうだという予感は非常に大きい。それは、僕の研究者としての直感だった。

歴史には詳しくないが、人工細胞が広く実用化されたのはまだ半世紀ほどまえのことだ。それ以前には、人間に似た機械はいわゆるロボットだった。自律型のものがウォーカロンと呼ばれて大量に生産された。それは、自動車が世界中を走ったように、世界中の道を歩いたのだ。このとき、人工知能が飛躍的に進歩した。僕の研究はその延長線上にある。工学の花形といっても良い分野だ。

一方で、生物科学分野から登場したのが、人工細胞の技術だった。人工といっても、細胞を無機質な物質から生成するのではない。ただ、人工的に培養するということで、生きた本物の細胞にはちがいないので、工学からは外れた領域といえる。僕が、あまり知らない世界だ。

これが現れる以前は、一部を除いて、人間の肉体は機械化されていた。骨も筋肉も機械になっていた。サイボーグというような呼び名が昔はあったらしいが、それは差別用語に指定されて今は使えない。肉体の八十五パーセントの部位が機械に代替可能だった。おそらく頭脳もできるだろう、と言われていたが、倫理的な制約なのか、宗教的な抵抗なのか、それは積極的には試されなかった。技術的には可能だったのにだ。

そういった状況で登場してきたのが、人工細胞だ。これによって、肉体を機械ではなく、本物の生きた細胞、生きた機関で補うことが可能になった。今では、多くの人が、自分の躰の中に人工細胞を持っている。それは、普通に生きていく。新陳代謝をし、遺伝子も自分のものだから、もともとあった細胞となんの違いもない。

そう考えられていたのだ。だから、頭脳についても、当然部分的に移植が試され、少しずつその領域が広げられていった。一方では、ウォーカロンの時代に成熟した人工知能が人工細胞の頭脳にインストールされることが当然可能だった。これは、実はタブーともいえるもので、本当のところ、最先端の領域は極秘にされている。何故なら、国家存亡に関わる問題に発展する可能性があったためだ。

いずれにしても、ここへ来てウォーカロンは限りなく人間に近づいた。ほとんど違いはない。普通に成長もする。どこで生み出されたのか、が違う。いつまで培養装置の中にいたのか、が違うだけだ。もっとも、最近では普通の人間でも多くがかなり長時間培養装置の中にいるので、時間的な違いは大きくない。これはつまり、野生の動物か、それとも養殖された動物かの違いに近い。天然の動物から切った肉なのか、培養された肉なのかの違いよりも差は小さいといえる。物理的な違いはない。世間一般にも、その認識が浸透しているだろう。

人工細胞の移植技術によって、人間の寿命は半永久的に長くなった。躰のどの部位も代替できるからだ。資産さえあれば、それが可能だ。自分の命をいくらでも買える時代になったといえる。

ただ、ここで大きな問題が発生した。

人類史上最大の問題といわれているものだ。

その兆候は既に二百年まえ、二十世紀後半からあった。二十一世紀には、それが世界中に及んだ。しかし、まだ誰もその本質を摑《つか》んでいなかった。

それは、人口減少だ。先進国から始まり、そのうちにそれ以外の国々にも急速に広がった。それ以前の人口増加があまりに爆発的だったこともあって、最初は科学者からは歓迎されていた。政治的な解決を訴える声はあったものの、科学的な問題だとは誰も考えていなかった。しかし、最大時の半分にまで減少したときに、科学的な解決を目的とする国際研究組織がようやく発足《ほっそく》した。そこが最終研究報告を発表する二十年後までに、人口は三分の一になった。

人口が減るのは、子供が生まれないからだが、調査をしたところ、どこに異常があるのかわからない。さまざまな事例はあるが、共通点が見出せない。生殖行為が減っているデータもある。ただ、受精しない。あるいは、受精してもそこから細胞が育たない。幾らか育っても、成長が止まってしまう。なんらかの病原体ではないか、という推察がその研究報告の結論だった。したがって、それ以後は、その原因を突き止めるための研究が世界中で本格的に始まった。

減っているのは人類だけではなかった。地球上のあらゆる動物が減っていることが明らかになった。絶滅した種は加速度的に増加した。ただ、植物には異変はない。これが、病原体説の一つの根拠になっている。

その後、また数十年が経過して今日に至っている。人口は四分の一以下になった。これだけ寿命が延びているのに減っているのだから、新生児の数はもっと極端な減り方をしている。子供を見かけることもなくなった。どこにいるのかもわからないほどだ。

ただ、一方では、労働に必要なウォーカロンは増えている。外見上はまったく見分けがつかない。人工細胞を使ったウォーカロンは、最初のうちは「生きたウォーカロン」などと呼ばれた。しかし、その呼び名もすぐに使われなくなり、今では、単に「人間ではない」と形容されるだけだ。呼び名がなくなってしまったのである。

彼らは完全に生きている。有機質の細胞を持ち、人間と同じ肉体を持っている。どこにも違いがない。意識もあり、学習もするし、癖もあり、失敗もし、感情も持っている。ただ、その生い立ちが違うだけだ。彼らが自分をどう認識しているのかは、難しいところだが、それはもちろん自由である。尊重しなければならないだろう。

ただ、最初からわかっていたことは、この生きたウォーカロンからは、子供が生まれないという事実だった。この事実は根拠が明確に示されなかったが、当初ウォーカロンを普及させる勢力は、このストッパがあれば人類の脅威にはならない、と考え、広くこれをアピールした。

大勢がこれを信じた。実際にも、ウォーカロンが出産する事例は観察されなかった。理由として諸説あったものの、いずれも決定的なものではない。だが、いつしか実証された事実になった。

ところが、その後になって、生きた人間の方が子供を作れなくなっていることが明らかにされた。それは、人間がウォーカロン化したともいえる。明らかにこれは、人工細胞の移植が原因だろう、と考えられるようになった。あまりにもピュアな細胞に問題があるのではないか。ピュアゆえに、未知の病原体に対する抵抗性を持たない、それが原因だろうと推定された。

一部の宗教は、世紀末だと声を上げた。世界中にかつてない人類の危機として不安が広がった。ただし、悪いことばかりではない。世界の方々で絶えることのなかった武力衝突がいつの間にか沈静化した。人間というものは、自分たちの文化や思想を受け継ぐ子孫がいなければ、戦う理由も気力も失うということだろうか。これは僕には理解できない理屈だが、しかし、貧しい地域の人々は、延命に投資する経済力がなかったし、その技術は武器のように簡単に密輸もできなかった。下品な言い方をあえてすれば、貧しい者は老いて、寿命が尽きた。結果として、比較的文明圏において人口が保持されている。増えてはいないが、減る速度を遅らせるエネルギィを温存していたためだ。

世界がこの凍りつくような静けさに沈んでから、既に数十年になる。人口はもちろん減っているものの、絶滅するほどではない。今でも出産は僅かな数はあるとも聞く。ただ、現在の出生率で人口を維持するためには、千歳以上の平均寿命が必要だとも計算されている。それは科学的に充分に可能ではあるけれど、その現実を大勢が受け入れられるかどうか、という問題は残る。そんな年寄りばかりの穏やかで大人しい社会になることに、誰もが心の中では既に絶望していることだろう。

僕はといえば、まだ、その未来を確信するには至っていない。自分は科学者だから、数々の活路が残されているように感じる。それに、もっと正直に言えば、べつに人類が滅びてしまってもどうってことはない、という気持ちもある。科学的には、それは一つの種が絶滅するだけの話なのだ。それを個人の感情で評価しても意味はない。

現代は、それくらい争いの少ない安定した社会である。その中で、テロにも似た事件が僕の身近で起こった。まだ他人事のように思えてしかたがない。まさか自分が命を狙われるなんて考えたこともなかった。誰かに恨まれるようなことをした覚えはない。なにも、爆弾など使わなくても良いではないか。やり方がいかにも古典的だ。

そう、問題はそこだ。

あまりにも、古典的なのだ。もちろん、今は銃で撃つくらいで人を完全に抹殺《まっさつ》してしまうことが難しくなった、という事情はある。完全に肉体を消し去るには、酸で溶かすか、燃やしてしまうか、そのくらいしか思いつけない。爆弾では、目的が達成できないのではないか。

となると、あれは命を狙ったのではなく、なんらかの警告だったかもしれない。その可能性はある。それから、風呂で沈んでいたアリチの姿を思い出した。あのあと、もしかして自分も既に毒を飲まされているのではないか、と考えたが、そんな不安を抱いたところで、どうすることもできない。

今一番大事なことは、アリチから聞いた話をしかるべき人物に伝えることだ。アリチはそれを僕に託《たく》したのだ、と思う。もしかして、毒の可能性を知っていたのかもしれない。僕は、あの新情報に関しては専門外だ。僕ではなく、もっと伝えるべき人物がいたはず。通信は危険だから、直接会って話をしなければならない。その時間がなかったから、近くにいた僕を選んだ。たぶんそうだろう。

「お休みになられますか？」ウグイがきいた。

「え？　ああ、そうだね。早いけれど、もう寝ようかな」

「お疲れでしょう」

「うん、まあね」

「では、私は、外におります」

「外って、通路のこと？」外の壁にもたれて立つ彼女の姿が瞬時に想像できた。まさかあの姿勢のまま寝るとは思えないが。「部屋の中にいても良いけれど」

「先生のお邪魔になります」

「いや、気にしない。えっと、どこでも良い」

「あ、では、あちらの、窓際の椅子はいかがでしょう？」

「もちろん、かまわない」

そういうことが失礼だとか、気になるという価値観が僕にはない。ただし、自分がこのウグイという人物を信頼している、ということが改めてわかった。これは、言葉で理由を説明しろと言われても難しい。なんとなく、勘だ。しかし、ようするにこの人間の勘を数式化したものが、僕の研究成果の一つなのだから、非科学的だと退《しりぞ》けることはできない。

# 6

何事もなく、朝まで眠ることができた。夢を見たが、特に具体的なものではなかった。だいたい、僕の夢というのは、研究室で実験をしていて、予想もしない現象を観察する、というものなのだが、現実ではそういうことが極めて珍しいので、きっと自分でそんな奇跡を望んでいるのだろう。ただ、夢の中では、その突発的な事態に恐怖を覚えることが多い。こんな恐ろしいことが起こってしまった、といった精神状態になるのである。考えてみたら不思議な話だ。研究上でどんなことが起ころうとも、恐怖を感じるなんて事態になるとは思えないからだ。

ウグイは、昨日のままだった。寝たのかどうかもわからない。いくつなのか知らないが、見た目は若い女性だ。たぶん、僕よりは体力があるだろう。

アリチはまだ意識は戻っていない、ということだった。それは、生きているという意味なのだろうか。それは尋ねなかった。見込みがあるのか、くらいはきいても良いけれど、たぶん、ウグイには答えられないだろう、と思ってやめておいた。

雨は上がったようだが、外はそれほど明るくない。簡単な朝食をとったあと、彼女の車で宿を発《た》った。目的地は飛行場で、一時間ほどだと彼女は説明した。

「そういえば、アリチ博士の奥さんはどうなったのかな。知っている?」ときいてみた。

「爆発で亡くなられたと聞きましたが」

「病院へ運ばれたあとの情報は?」

「いえ、こちらへはその情報は来ていません。どうしてですか?」

「いや、ちょっと気になっただけ」

車は既に走っている。前にも後ろにも警察の車が走っていた。警察だとわかる車ではない。宿から一緒だったから警察だろう、と僕が思っているだけだ。

飛行場に到着しても、普段のような建物の入口ではなく、ゲートを抜けて直接滑走路へ車のまま入っていった。小型機が待っていて、それに乗り込んだ。こんな小さな飛行機に乗るのは初めてだ。断面の大きさは鉄道車両よりも一回り小さい。乗客は僕とウグイの二人だけで、警官は誰も乗ってこなかった。

しばらく待ったあと、滑走路へ出て、無事に離陸した。北へ向かっているということだけがわかった。ウグイが近づいてきて、なにか飲みますか、と尋ねたがそれは断った。シートにあった端末を使ってニュースを読んでいた。大したものはない。普段からあまりニュースというものを読まない方だ。見た範囲では、自分やアリチの事件は報道されていない。過去に遡《さかのぼ》って検索しても出てこなかった。これは思ったとおりだ。こういったものは、なにかの切っ掛けで機密扱いされるのだろう。誰にとっての機密かは、よくわからない。だが、ウグイが公務員だとすれば、国家の機密になるのだろうか。

僕自身も、事実上は国家公務員だ。国立の研究所に長く勤めている。あまりに長いので、もう公務員だという意識もなかった。どこから給料が出ているのか、などと考えもしない。周囲の人員もほとんど変化がない。新しい人が入ってこないし、また、出ていく者も少ない。年齢によって変化することがない。希望を出すと、ずいぶん時間はかかるが、調整されることはあると聞いている。しかし、それも多くない。助手のアカマなどは、もう何十年も助手のままだ。もっとも、本人もそれで不満に思っているわけではなさそうだ。立場が変わらないというのは、安定しているということで、慣れてしまえばそれが自分にとって最適な位置だと思えてくる。僕もそうだった。転職を考えたこともないし、厭《あ》きもせず、ずっと同じような仕事をしているのである。研究職というものは、特にこの傾向が強いのではないか。

「アリチ博士の奥様は、お亡くなりになりました」ウグイが言った。そういう連絡が入ったようだ。

「そう……。たぶん駄目《だめ》だろうとは、おっしゃっていた」とだけ答えた。

もちろん、問題はそこではない。アリチ夫人は、人間ではない。そうアリチが話していた。それが本当かどうかはわからない。警察や病院で行うような手当て、あるいは検死では、人間かどうかの判別は無理だろう。僕自身、生命活動をしていない肉体に対して、天然か人工かを見分ける方法を知らない。聞いた話では、脳細胞の精密な分析から、判別が可能だというが、それは、統計的な観測の域を出ないはずだ。

おそらく、遺伝子情報をまず照合する。人工であれば、それは複製されたものだから、一致するオリジナルがデータベースから見つかるはずだ。そのオリジナルが生きていて確認されれば、どちらかが偽者だということになるだろう。

本来、正規に生産された人工細胞は、遺伝子が登録されている。法律でそれが義務づけられているからだ。したがって、正規の生きたウォーカロンは、遺伝子でわかる。この場合、オリジナルの人間は既にこの世にいない。これも、そう規定されている。

生きたウォーカロンを小規模な施設で生産することは不可能だ。核爆弾を造るよりも何十倍も難しい。けれども、大規模なメーカが不正をしないという保証はない。

アリチは、言葉を濁《にご》していた。もしかしたら、亡くなった妻の細胞を使ってそれを作ったのではないか。たとえば、実験の名目でそういったことが可能だったかもしれない。アリチほどの立場ならば、それができたかもしれない。その場合、妻の遺伝子を継いだ生きたウォーカロンは、ほとんど妻そのものである。もっと正確に言えば、時間をかけて妻そのものに限りなく近づく。

真偽を確かめることは不可能だ。ただ、彼の妻が死んだ記録があって、同じ遺伝子で生きていた者がいる、ということだけが観測される。そして、これは想像だが、妻が死んだというデータを消去した、という可能性も思い至る。そうしないと、幾つかの障害が発生するからだ。そんなデータ操作が可能かどうかはわからない。社会的、法的には不可能だが、物理的にはもちろん可能だ。

これは、ウグイに話すわけにはいかなかった。アリチは、初対面の僕に話したのだ。なんらかの覚悟があってのことだったのではないか。そもそも、アリチほどの大物が、自分のような一市民に何故大事な話をしたのか。たまたまだったのだろうか。

そんな考え事をしているとき、突然大きな音がして、そのあと機体が振動した。

ウグイがすぐに近くにやってきて、シートベルトを締めるように言った。彼女も隣に座ってベルトを締めた。サイドやトップの窓から外を眺《なが》めたが、雲の中を飛んでいるため、なにも見えない。この頃、この高度はほとんど雲が停滞している。

「何？　雷かな」と呟くと、

「わかりません」とウグイが答えた。

操縦室のドアが開いて、男がこちらへ歩いてきた。ウグイの横で膝を折り、彼女になにか耳打ちした。僕の方も一瞥したがなにも言わず、すぐに立ち上がって、戻っていった。

「なにか、トラブル？」

「片方のエンジンが止まったそうです。左です」

「向こう側だ」腰を浮かせて反対側の窓を見たが、見える角度ではなかった。

「見てきます」ウグイがベルトを外して立ち上がった。

僕も見たくなったので、ベルトを外した。

反対側のシートに座って、窓の外を見た。ウグイの後ろのシートだ。後退翼のため、エンジンはずっと後方だった。主翼の上にある。黒い煙が細く後方へ出ているようだった。ただ、雲が濃くなるとたちまち見えなくなる。停止しているかどうかはわからない。

ところが、次に雲が薄くなったとき、別のものが見えた。エンジンのさらに先、主翼端が途切れていた。そこからも後方へ煙のようなものが出ている。主翼の端には、通常は小さな垂直翼、スタビライザがあるはずだが、それが跡形もない。

「故障というよりは、事故だね」僕は呟いた。

窓に顔を寄せたウグイが、後方を振り返って頷いた。

「向こうに座った方が、負担が少ないかも」と言って立ち上がり、元のシートへ戻る。ウグイもそれに従った。

彼女は、目の横に指を当てていた。メッセージを受け取っているようだ。小さく、「了解」と呟いたあと、こちらを向き、「ちょっと、操縦士と相談をしてきます」と言い、また立ち上がった。

ウグイが前のドアの中に消えたあと、どうしたものか、と考えた。まず、何が起こったかだ。エンジンのトラブルではない。主翼の端が破損し、燃料タンクの圧力が下がったのだ。エンジンが停止したのはそのためだろう。今は右のエンジンだけで飛んでいる。高度を下げているはずだ。

右の窓からはなにも見えない。雲は濃くなっている。飛行は安定しているようだ。下がっているような体感もなかった。

なにも見えない真っ白な世界だが、それでも窓を覗くしかなく、じっと外を見ていた。ほんのときどき、主翼の途中くらいまでが見える。エンジンがそこにある。直径が一メートルほどのタービンだ。幸い操縦系は機能しているらしく、機体が傾くようなこともない。振動もなく、エンジン音も安定している。今はどのあたりを飛んでいるのだろう。既に離陸して一時間ほどになる。

雲が一瞬晴れて、下に緑の土地がうっすらと見えた。意外に高度が低いなと感じた。良かった、もう着陸するのではないか。無事に地面に戻りたいものだ。

しかし、そのとき、また変な音がした。高いかんかんという連続音のあと、一度大きな炸裂音《さくれつおん》が続いた。僕は窓の外をずっと見ていて、機内は視界にない。一瞬だけ、天井を見た。でも、どこにも異常はなかった。再び窓の外へ視線を向けたとき、前方から斜めにこちらへ突っ込んで来る黒い物体が見えた。

思わず叫んでしまった。ぶつかると思ったからだ。もの凄い勢いだったので、あっという間にすれ違った。向こうが上だ。僅かに上を飛んで斜め後方、反対側へ飛び去った。それは、小さな機体だった。このジェット機も大きくはないが、それよりもずっと小さい。

前のドアが開いて、ウグイが飛び出してきた。そのドアを閉めもしない。だから、操縦席が見えた。計器パネルがあって、操縦席も見えた。フロントのガラスに黒っぽいものが飛び散っているのが目に入った。

ウグイは、僕に両手を広げてみせた。そのままでというジェスチャだ。そして、後方へ走る。僕は腰を浮かせて、彼女の姿を追った。後方の小さなドアを開けている。中からなにか取り出した。バッグのようだ。それを持ってこちらへ戻ってきた。

驚いたことに、彼女の顔に赤い血がついていた。

「どうした？　怪我をしている」

「私の血ではありません。これを付けて下さい」

「え？」

「ベルトを外して、立って下さい」

「なにか飛んでいるのを見た。黒いやつだ」立ち上がりながら言った。

「ドローンです」

彼女は、リュックのようなものを僕に背負わせた。そこでわかった。パラシュートだ。

「少し寒いと思いますが、我慢をして下さい」

「もしかして、脱出するの？」

「スカイダイビングの経験は？」

「ないよ、そんなの、一度も」

「大丈夫です。私が一緒に行きます」

「どうして……。この飛行機は墜落するの？」

「操縦士が一人撃たれました。すぐにまた来ます」

「でも、飛び出したら、私たちが撃たれるんじゃないかな」

「大丈夫、そうはプログラムされていません。それに、向こうはエンジンの熱を検知して襲ってきます」

「わからないじゃないか、そんなこと。もっと賢いかもしれない」

「少なくとも、この飛行機が飛んでいるうちは、囮《おとり》になります」

彼女もパラシュートを付けた。また後ろへ行き、ヘルメットを持ってきた。

「通信はしない方が安全ですから」彼女はそう言って、僕にヘルメットを被せた。

彼女に手を引かれ、後方へ歩く。

そこにドアがある。そこから飛び出すつもりなのだ。

「いいですか、よく聞いて下さい」こちらが頷くと続ける。「既に二千メートルくらいまで下がっています。最初は、私が先生を抱えています。一緒に降りていきます。先生のパラシュートが開く寸前に離れます」

「どうやって開くの？」

「大丈夫です。自動で開きます。一分くらい開かずに落ちていきます」

「開かなかったら？」

「先生は私に摑まらないで下さい。行きますよ」

彼女はロックを解除し、ドアを開けた。冷たい空気が入り、圧力を感じる。飛行機が少し傾いた。主翼のすぐ後ろになる。急に恐怖に襲われた。

「息を吸って」ウグイが叫んだ。

息を吸った。

「動かないで下さい」

動かないって、どういうことだ、ときこうとしたが、彼女は僕に前から抱きついてきて、そのままドアの方へ押された。

「大丈夫ですか⁉」

頷いて返す。彼女の腕の力が増した。締め付けられるようだ。

「Ｇｏ！」

彼女の掛け声で押され、後ろへ倒れるように飛び出した。

息を止めていた。というよりも、できない。

躰が回転する。目を瞑《つむ》ることにした。

頭が下になり、また上になる。否、もう上下もわからない。

乗っていたジェット機は、たちまち見えなくなった。

しがみつきたかったが、彼女の言葉を信じて我慢する。

彼女が僕を抱き締めている。

どんどん風が強くなる。風上がつまり下だ。

回転はゆっくりになり、やがて回らなくなった。

自分は上を向いているようだ。彼女が上にいる。

すぐ目の前にウグイの顔があった。風防越しだ。彼女の目は、僕の肩の辺りを見据えていた。そこに高度表示のカウンタがあるからだ。

雲が薄くなり、遠くが見渡せるようになる。

しかし、躰が上を向いているので、地面は見えない。見えないように、ウグイがこの姿勢にしているのかとも思えるが、彼女は両手が使えないので、風をコントロールすることはできないはずだ。

ウグイが、僕の顔の前で顔を左右に振った。何だろう、どうしたのだろう。目の前でなにか叫んでいるが、ヘルメットを被っているし、風の音がもの凄いので聞こえない。たぶん、もうすぐ離れるという意味だろう。

そのとおりだった。彼女は腕の力を緩《ゆる》め、僕から離れていった。

そこで躰を引っ張る力を感じた。

強い衝撃があった。

躰が振り回される。振り子のように。

もう近くに、ウグイはいなかった。

ようやく、しっかりと周りの状況を見ることができた。頭の上からロープが伸びていて、大きな傘が開いていた。その多数のロープにぶら下がっている。胸や腰が締め付けられている。そこに体重がかかったのだ。久し振りに重力が感じられ、躰の血液が足の方へ下がっていくように感じた。

空中に停まっているようだった。しかし、ゆっくりと降下しているのだ。

どこへ降りるのか、と気になって下を見ると、そこに丸いものがある。ウグイの落下傘も開いたようだ。

幸い、海の上ではない。海岸線が近くに見えたが、今は陸の上にいる。緑が広がっているところと、灰色のように見える土地があった。道も見えた。ただ、建物は近くにはない。

急に寒くなってきた。というよりも、今まで寒さを感じる暇《ひま》がなかったのだ。手が凍るように冷たかったので、両手を擦《こす》り合わせた。息を吹きかけたかったが、ヘルメットの風防を上げる必要がある。どうやったらそれを上げられるのかもわからなかった。

上には雲が広がっているだけだ。その雲の中から落ちてきたらしい。飛行機は見えない。幸い、あの黒い無人機も見えなかった。遠くへ行ってしまったのだろう。

それから、地面に到着するまでが長かった。五分くらいだったのではないかと思うが、浮いている間は十分にも十五分にも感じられた。暇だったので、パラシュートが開くまえの落下速度を計算した。空気抵抗をどの程度に見積もるかによるが、およそ時速二百キロほどではないか。つまり、自動車でハイウェイを走ったときに、窓から顔を出しているようなものか。この歳になって、スカイダイビングが経験できるとは思わなかった。なかなか面白い。度胸《どきょう》がついたので、今度はレジャとしてチャレンジしてみたいものだ。

降りたところは、草原ではなく、砂地だった。海岸が近かったので、砂丘かもしれない。平坦ではなく、起伏がある。実際、降りたあと、五メートルほど斜面を滑り落ちた。見通しが悪いので、ヘルメットとパラシュートを外してから、その砂の丘を登っていった。手をついて四つん這《ば》いにならないと登れなかった。

高い位置に立ち、周囲を見回した。かなり広い。海岸の方角がわかった。一方、陸地の方はどこまで砂地が続いているのかわからない。ここよりもさらに高い砂の丘があるためだ。ウグイの姿は見えない。僕よりもさきに地上に降りたはずである。

風はほとんどない。気温も適度で、暑いわけでも、また寒いわけでもない。降下するときに躰が冷えたが、今は手足の先から暖かさが戻ってきた。

しばらく立っていたが、なにも変化がない。もう少し高いところへ行ってみようと、歩き出した。地面は乾燥した砂なので、歩きやすいとはいえないものの、しばらく振りの運動だったので、むしろ気持ちが良かった。

一度下ったが、また緩やかに上っていく。方向としては、陸地の奥へ向かっていた。影はなく、太陽はしっかりとは現れていないが、背中の方向だろう。つまり、ほぼ西へ向かっていると思われる。

その丘の上に立つと、緑の森林がすぐ近くにあった。近いといっても、およそ三百メートルほど先だ。

「ハギリ先生」という声が聞こえた。

左手の低いところから、ウグイがこちらへ上ってくる。片手を上げて振っていた。それに応えて、僕は下っていった。

「これから、どうするの?」とまずきいた。「ウグイ・マーガリン」

「あちらへ歩きます」彼女は指をさした。森林の方向だ。「マーガリィです」

「道がある?」

「はい、迎えが来ます」

「良かった、遭難しなくて」

「いかがでしたか?」

「何が?」

「ダイビングは」

「ああ……」一度頷いた。「悪くなかった」

彼女は空を見上げた。笑顔ではない。なにかを警戒しているようだ。それはそうだろう。

「あれはさ、私を狙ってきたわけ? それとも、あの程度の危機は、君たちには日常なのかな」歩きながら聞いてみた。

「わかりません」ウグイは答えた。「ただ……」

「そんなに、私に価値があるのかな」

「そう捉えているようです」

「早く安全なところへ行きたいもんだね」

「もう少しです」ウグイは頷いた。

# 第2章　希望の機関　Wishful engine

とにかく、あの神経をさいなむような模造動物のあえぎを、もう聞かなくてすむわけだ。これでリラックスできる。おかしな話だ、とイジドアは思った。頭ではニセモノとわかっていても、模造動物のドライブラインやバッテリーが焼け切れていく音を聞くと、みぞおちが締めつけられる。なにかほかの仕事にありつけりゃいいのに、とみじめな気分で考えた。あの知能テストに落第しなかったら、こんな神経を使う、やくざな仕事におちぶれなくてもすんだのに。

## 1

森林の中に真っ直ぐに通る道路があった。走っているのは大型の貨物車だけで、しかも疎《まば》らだった。最初に来た乗用車が、ウグイが手配したコミュータだった。僕たちの前で停車して、リアのハッチが開いた。そこから乗り込んで後ろ向きに座った。窓のないタイプで外は見えない。目の前に、フロントの映像がモニタで表示された。

「どれくらい？」

「一時間半ほどです」

「また、ドローンが狙ってきたりしないと良いけれど」

「それは対処しました」

どう対処したのだろう。対抗するドローンを飛ばしたということだろうか。しかし、少しほっとした。シートをリクライニングさせて脚を伸ばす。

「飛行機は無事かな」

「荷物に大事なものが？」

「いや、そんなものはない」

ジェット機の安否は教えてもらえなかった。彼女も知らないのかもしれない。僕はまた、相手がどんな連中なのか、ということを考えた。

出生率激減の問題を解く重要な鍵を、アリチ博士は握《にぎ》っていた。それを阻止しようとしたのだから、出生率が回復することを望んでいない勢力が存在するという意味になる。それは、普通では考えにくい方向性だ。人類の大多数が解決を望んでいる問題だからだ。

しかし、逆に見れば、子供が生まれない未来に対しての不安が、人工細胞の普及を加速したともいえる。つまり、生まれてこないから死ぬわけにはいかない、という心理だ。そうだとすると、人工細胞で儲《もう》けている企業、あるいは投資家は、もしかしたら、出生率の回復を望んでいないかもしれない。理解しにくいが、それはありえない考えだともいえない。次の世代など不要だ、今の自分たちに永久の生が保証されるならばそれで良い。しかも、それが豊かで楽しい生であるならばなおさら、ということか。

しかし、それだけでは動機が不充分にも感じる。それに、もしそれだけのことならば、僕の命が狙われる理由がわからない。僕の持っている技術とは、出生率とは無関係だからだ。僕の研究成果は、ただ人間と人間以外を正しく選《よ》り分《わ》ける測定方法の一つにすぎない。この方向から考えれば、僕を抹殺したいのは、生きたウォーカロンの生産者だろうか。メインのメーカは世界に三つあって、いずれも国際的だし、国家的に大きな企業だ。そのいずれかなのか、それとも、すべてか。

それでも、基本的に人間と人間以外は明確に区別されている。表向きはそうだ。遺伝子情報の管理がその基礎にあって、その一線は倫理的に越えられないハードルだという合意が存在しているはずだ。僕の測定が役に立つのは、そのルールを違反した場合に限定されるといっても良い。遺伝子情報を改竄《かいざん》した上で生産されたウォーカロンが、人間になれるのかどうか、という瀬戸際で、僕の近似式が威力を発揮するからだ。それは、僕としては極めてマイナな需要だと認識していたものだ。ウォーカロン産業界を脅《おびや》かすとは到底考えられない。

その違法行為は、過去に存在した人間の遺伝子情報を改竄するだけで実現する。その危険性は以前から議論されていた。そこが人間と人間以外の境界なのだから、当然だ。したがって、セキュリティは非常に厳しいものになっている。僕にはその辺りは想像もできない。ただ、物理的にはデータを書き換えるだけのことだから、抜け道がないとはいえない。実質的な部分では技術的な難しさはない。単に、幾つかのロックを破り、幾つかのバックアップを操作するだけのこと。金庫の扉がどれだけ頑丈《がんじょう》でも、開けられない扉ではない。それに、現在生きている世界中の人間の遺伝子情報にまったく漏《も》れがないともいえない。さらにいえば、その遺伝子の組み替えによって、新しい人間を作ることも技術的に可能なのだ。安全性を保持したまま行うには高レベルの施設が必要になる、というだけの話だ。

ようするに、そういった主要な分野にいる人間ならば、しかもそういった人間が複数で協力をし合えば、ガラスのコップを割るくらい簡単だろう。もともと壊れやすいものだといえる。大事に持っていたその手の力を少し緩めるだけで、コップは落ちていく。

そんなことを考えているうちに、しだいに、もうそれが現実なのではないか、と思えてきた。すなわち、既に生きたウォーカロンのうちの大勢が、人間になっているのではないか。これは、つまり人間を産んでいることと同じだ。だから……、出生率に関わってくるのか?

待てよ……。どういうことだろう?

その新しい生きたウォーカロンは、つまり遺伝子情報では人間と見なされる。それが大勢いたら、どうなるのか？

難しい問題だ。感情論を排除して、冷静に判断をすれば、特に大きな問題ではない。僕自身はそう考える。それは、僕の測定方法で見抜けるからなのか？

そうではない。僕の技術がなくて、もう完全に区別がつかないことになっても、大きな問題はない。逆に尋ねたい。何が問題だというのか？

おそらく、宗教上の問題しかない。人は減っているのだから、言い方は悪いが、養殖された人間も必要になる。過去においても、人間以外の家畜などでは、それが許された。それらを食べて、人間は生きてきたのだ。

目を瞑っていたが、少し眠ってしまったようだ。目を開けて隣を見ると、ウグイが座っている。リアのモニタを見つめていた。職務とはいえ、ハードな任務だ。彼女も疲れているのではないか、と少し同情した。

ほぼ予定どおり、目的地に到着した。道から逸れ、自動ゲートが開く道へ入り、すぐに地下道になった。トンネルの中でも、幾度か分岐があった。かなり深い層へ下りていくのがわかった。

「もう大丈夫です」ウグイが言った。僅かに微笑んでいるようにも見えた。

「ここは、どこなのか、説明はなし？」

「安全保障省の管轄です。上層の施設では、国際会議などが行われますが、下層は、情報関連の部局、それに研究組織です。企業とは切り離された公的機関です」

「そんな機関があるとは思えないが」

「たしかに表向きは、そうです。あと、ずっと深いところには、核廃棄物の貯蔵庫があります」

「ああ、なるほど。それは一等地だね」

「もし地上が核攻撃を受けても、地下施設は安全です」

「君が言うと信じてしまうよ。もしかして、君の勤め先?」

「これから、私の直属の上司に会ってもらいます」

「へえ……。誰かな」

## 2

車から降りたところは、ごく普通の地下駐車場だったし、エントランスもごく普通の役所のようだった。案内された部屋のソファが、レトロなデザインで多少感動を誘った程度である。

現れた人物は、いかにも役人といった感じの男性で、もう今どきは珍しい生粋《きっすい》の日本人に見えた。昔の映画でよく登場するタイプだ。シモダと名乗った。情報局長が肩書きだった。

「何事もなくご案内できたことを嬉しく思います」と言った。たぶんジョークだろう。

「アリチ博士も一緒にここへ来る予定だったのですか？」

「そうです。彼は今治療を受けています」

「ここで、私は何をするのでしょうか？」

「先生には、今までどおり研究を続けていただければ、と考えています。必要なものはすべて準備します」

「実験施設もですか？」

「もちろんです」

「かなり、その、費用がかかると思いますが」

「ご心配には及びません」

「そうですか、そう言われると、何と言って良いのか……。とにかく、よろしくお願いします」

「研究以外でも、お望みのものを手配いたします。なにかご入り用のものがありますか？」

「まあ、一番欲しいのは、助手ですね。アカマ君を呼んではいけませんか？」

「申し訳ありませんが、それには、多少時間がかかります」

「彼が信用できない、ということですか？」

「それもあります」

「ほかにも、なにかあるのですか?」

「先生が信用されている方ですから、本人に問題はないものと信じます。ただ、周囲に多少問題のある人物が接近しているのです」

「ああ、なるほど。でも、独身ですけどね」

「それは関係ありません」

誰かと親密な関係があるということだろうか。まあ、僕もそこまでプライベートなことは知らない。あってもおかしくはない。

「優秀な助手をつけます」

「そうですか。ありがとうございます。あの、私の研究のどんな点が期待されているのでしょうか?」

「お察しのものと想像しております」

「いやぁ、そんな探り合いはよしましょうよ」僕はここで無理に笑ってみた。あまりコミュニケーション能力に長《た》けている方ではない。「とりあえず、今の課題は、判別近似式のパラメータの同定だと思いますが」

「そのように承知しております」

「同定に必要なデータは、ほぼ集まりつつあります。国の補助金で過去三年間に行ったものです。追加で必要な実験がしたい場合、試験体を準備することは可能ですか?」

「もちろんです。研究予算は、そうですね、三倍になったと思っていただいてけっこうです」

「三倍ですか？」思わず立ち上がりそうになった。びっくりしたからだ。「驚きました。そんなに重要視されているのですか？」

「はい。そう受け取っていただければ幸いです」シモダはそう言って笑顔になったが、眼光が鋭すぎて、とても笑っているようには見えなかった。

そのあと、ウグイが研究室へ案内してくれた。隣に居室もあって、ここで生活をしろという意味らしい。

「外を散歩したりはできないわけだね？」

「ジムがあります」

「ベルトコンベアの上を歩くやつかな？」

「無重力ピットもあります」

「何だい、それは……、いや、いい」手を広げて彼女の説明を遮った。「そうじゃなくて、外の空気を吸いたいときは？　換気扇とかじゃなくて」

「チューブと呼ばれている小型の高速カプセルで、少し離れたところへ行くことができます。外に出るならば、それが安全です」

「どれくらい出口は離れているの？」

「近いものは、七十キロほどです」

「七十キロ？　それはどこへ出る？」

「無人島です」

「なるほど、それは治安が良さそうだね。空気も良さそうだ」

「中央庁にも通じています。三百キロほどありますが」

「え、北海道の？　えっと、ここは本州だよね？」

「ぎりぎり」

「ああ、だいたいわかった。地理は得意な科目だった。子供のときにね」

「そのようなデータは知りませんでした」

「冗談だよ」

チャイムがあって、返事をすると、若い女性が入ってきた。白衣を着ている。僕の前まで来てお辞儀をした。

「初めまして、先生の助手を務めさせていただくことになりました。マナミと申します」

「マナミさん？　それは……」

「ファミリィ・ネームです。マナミ・ユカノといいます。専攻は情報工学、電子工学、それから応用化学工学。いずれもマスタです」

「どうも……。じゃあ、よろしく……」立ち上がって、片手を出して握手《あくしゅ》をした。「そこに座って下さい」

「はい」マナミはウグイの横に腰を下ろした。「まずは、何をすればよろしいでしょうか？」

「君は、以前からここにいるの？」

「そうです。二年まえからです」

「今まで何をしていたの？」

「主に、情報管理です」

「私の研究データは、もうこちらでアクセスできるのかな？」

「それは既にここにあります」ウグイが答えた。「もともと、先生の研究に関連するものは、ここのサーバにすべてファーストがあります。現在は、そのバックアップもここにあります。他所《たしょ》のデータは可能なかぎり削除する予定です」

「そうか。手回しが良いね」そこで溜息をついた。もう一度、マナミを見る。「じゃあ、とりあえず、三人でコーヒーを飲もう」

## 3

その研究所は、内部では〈ニュークリア〉と呼ばれていた。このニューは、新しいという意味ではなく、ギリシャ文字の「ν《ニュー》」だそうだ。だから何なんだ、と思わなくもない。

おそらく、本当のところは核廃棄物の上にいることを自虐的に洒落ているのにちがいない。

実験に必要な機器は僅か数日で揃った。その間は、ソフトの整備をしていた。助手のマナミは有能で、プログラミングが得意のようだ。彼女が人間かどうかは、まだわからない。そんなことはほとんど無関係だ。

なによりも、この場所が安全だということが僕を陽気にさせたのだろう。なにか躰が軽くなったような気分だった。念のために重力加速度を測定してみたが、その影響ではない。むしろ、体重は少し増えていた。ウグイが言っていた現在位置とも矛盾がないことがわかった。これは地球の自転に関係する測定からだ。小学生でも知っている。

この「小学生でも知っている」という慣用句は、この頃聞かなくなった。なにしろ、小学生だった頃の自分を、多くの人が忘れかけているし、現実に小学生が激減しているからだ。その年齢の子供は、ほぼ間違いなく社会研修中のウォーカロンだ。みんな、生まれた場所は同じで、そこへ帰っていく。学校もその中にある。ただ、社会見学として、集団でときどき街に出てくるのである。そんな光景でも、子供を見るとつい笑顔になる、と語る年寄りが多い。僕は、まだそこまでは感じないけれど。

ウグイから聞いた話では、既に人間ではない者が人口の半分にも達するという。これは国家機密であって、データは公開されていない。僕も数百万のオーダはとうに超えているだろうと想像していたが、まさかそこまで増えているとは思わなかった。しかし、経過した年月を考えれば、それは妥当な数字だといえる。年齢の感覚が希薄になっているので、時間の経過にも鈍感になりがちだ。知らないうちに進行しているものが多い。

おそらく、それは世界的な現象なのだろう。豊かな国ほどその傾向が顕著なはずだ。一方、貧困層を多く抱えた途上国では、人口は激減している。酷いところでは、来世紀には絶滅すると言われている国や民族もある。減ったとはいえ、まだ数千万人もの人口を抱えている国では、「養殖」によって面子《メンツ》を保っている、ということになるのか。

外部との連絡はしばらく禁止だったので、アカマとはやり取りをしていない。ウグイにきいたところ、僕は行方不明になったらしく、アカマを後任にする人事が進められているという。それは、彼にとっては良いことだろう。彼には彼の研究テーマがある。そちらにエネルギィを使える環境になる。祝福したいところだが、そのメッセージがいつ送れるだろう、と思った。

このほか、学会や協会の委員会に出る必要もなくなった。普段なら、勤務時間のうちの三割くらいは、モニタの前に座って会議に出なければならない。その時間が消えてしまったのだから、まるで雲が晴れた青空を見たような気分だ。最近では、そんな晴天は、高い山に登るか、飛行機に乗って南半球を飛んだときくらいしか見えないのではないか。

ウグイが言っていたチューブと呼ばれる乗り物はまだ試していない。落ち着いて研究ができる環境ではないが、かといって、やらなければならない細々《こまごま》とした作業がいくらでもあったからだ。僕は、だいたいレジャというものを生活に取り入れていない。ほとんど無趣味だ。研究が趣味的だといえば、まあ、そのとおりかもしれない。いたって単純な人間だと自分でも認識している。

ニュークリアに来て二週間になろうかという頃には、もう自分はずっとここにいたような気分になってしまった。既に本格的に研究もスタートした。ただ、外部との個人的な連絡はまだ取れない。これは、セキュリティの都合らしい。もしかしたら、ハギリ・ソーイという個人は既に社会から消えた存在かもしれない。それはつまり、死んだということだ。なんらかの事故で犠牲になった、といった記事が出ていないか、何度か自分の名前で検索をしてみたくらいだ。でも、残念ながら見つからない。残念なのかどうかもわからない。

一つ収穫があった。助手のマナミが人間だとわかった。これは僕の判定だが、しかし、僕はこの分野の世界的権威なのだから、たぶんまちがいない。彼女にそのとおり話したところ、一度嬉しそうに笑ったあと、口を歪めて困った顔を見せた。どういった感情だったのだろう。単純ではない、人間らしい複雑さだ。

「ごく初期のウォーカロンは、知能が高すぎた」僕は彼女に説明をした。「電子頭脳を受け継いだものだったから当然だ。知識量も計算速度も三桁も違っている。それをカバーするために、遅延回路が組み込まれていて、適度に遅れ、適度に迷うようになっていたし、確率的に間違えたり、軽微な失敗をするようにもプログラムされていた。それでも、正解を知っていて間違える、わかっているのに抑制して馬鹿な振りをするわけだから、それが余計なデータとなって蓄積するんだ。ようするに、人間のストレスみたいなものだね。で、この余分なデータを除去するためのソフトがまた組み込まれることになる」

「そんなことをしていたのですか……。なんか合理的ではありませんね。何故、人間に近づけなければならなかったのですか?」マナミは質問した。当然の疑問だろう。

「どうしてだろうね……。それは、今でも解決を見ない問題の一つだ。人間以上のものは存在してはならない、という簡単な言葉に集約される。しかし、そんな話をしたら、人間よりも力の強いもの、正確に速く計算をするもの、人間よりも友好的で、悪事を働かないもの、人間よりもエネルギィ効率が良くて、社会に対する貢献度《こうけんど》も高いもの、いくらでも存在するんだ。ただ、それがコンパクトにまとまって、見た目が人間に近づくほど、抵抗する人たちが増える。宗教的な問題だと言いだす連中が今でもいる。神に対する冒瀆《ぼうとく》だとかね……。今まで冒瀆の限りを尽くしてきたのに、今さらだよね」

「保身だということですね?」

「まあ、そうかな。なんとなく、立場が脅かされる、という感情だと思う。まあ、そういう人が多いから、私の研究に助成金がつくわけで、ありがたいことだとは思っているよ」

「先生は、何故この研究を始められたのですか? どういった動機だったのでしょうか?」

「ウォーカロンを見抜いてやろう、というつもりは全然ない。そうじゃなくて、ただ、人間らしい思考というものの本質を知りたかったんだ。人間はどんなふうに考えているか、ということが、つまり人間とは何かという問題の答になると思った。そう思ったことが、もう既に人間らしい思考だから、これはネストだ。とにかく、それをいろいろな方面から突き詰めていくと、結局、ぼんやりとした枠組みのようなものが見えてきた。それが、まあ、今到達しつつあるレベルだね」

「でも、それが明らかになれば、それもまたソフト化されて、ウォーカロンが人間に近づくことになりませんか?」

「そうなる」僕は頷いた。「そんな余計なことにエネルギィを使ってほしくないとも思うよ。だけど、それを言ったら、それはそのまま僕自身に跳ね返ってくる。どうして、わざわざ不完全な人間に近づくのか、と言えば、どうして、わざわざその不完全さを定式化するのか、と言われるだろう。そんなことを考えだしたら、なにもできなくなる。それで、ふっと忘れて、目の前の課題に取り組む。これがまた人間の思考の特徴だ」

「ウォーカロンは、自分のことをどう認識しているのでしょうか?」

「それは、タイプによる。それを考えないようにできているものもあるし、最初からそれを知っているものもある。今のところ、ウォーカロンは、思考回路の一部改変が可能だから、プログラムを書き換えることもできる。実は、人間だってそれができるんだけれどね」

「え、そうなんですか？」

「試したことはない、ということになっているけれど、たぶん、初期の頃には実験されたはずだ。ただ、人間の頭脳は欠陥だらけで、簡単にはいかない。雑音が多すぎるんだ。ピュアな回路ほど簡単になる。今でも、ニューロンレベルでは、歴然とした差があって、だから、脳細胞を取り出して、顕微鏡《けんびきょう》で神経の連鎖を確認すれば、人間かどうかは判別できるはずだ。ただ、そう考えている私の知識が、既に十五年ほどまえのデータに基づいているから、今はどうなのか、もしかしたら、新しいタイプが開発されているかもしれない。そういった組織観察的な方法では、判別に時間がかかって利用価値は低い。個体差が激しすぎるので、判断も難しくなる」

「私は、まだ先生のその測定手法の原理が理解できません。どうして、それでわかるのかが、その……、釈然としないというか、あ、いえ、その……、これは……」彼女は手を振った。

「気にしなくて良い。それが普通だ。言いたいことは言葉にしてもらうと助かる」

「はい、ありがとうございます。たぶん、私が、なんらかの、その、無意識というか、本能的なものに縛られているのでしょうね。そんな単純に人間が定義できるのか、という観念だと思います」

「それは、肉体のあらゆる部位に対しても言われてきた。生物は複雑なものだ。これを作ることができるのは神のみだ、とね。だけど、結局は、単なるタンパク質だ。化合物なんだ。その仕組みが明らかになれば、いたって単純だといえる。単純でなければ、細胞は再生できない。単純だからこそ、これだけ膨大な数が集まっても、だいたい同じものになる。複雑だと思い込みたい傾向を人間は持っているんだ。自分たちを理解しがたいものだと持ち上げたい心理が無意識に働く。でも、誰もがだいたい同じように怒ったり笑ったりしているんじゃないかな」

マナミは頷いてから、部屋を出ていった。彼女の個室は隣だ。ドアに透明のガラスが嵌《は》め込まれているので、いつでもそちらの部屋を覗き見ることができる。

ウォーカロンについては、過去のどこかで、その生産をやめるべきだったという意見が今でもときどき聞かれるところだ。しかし、無機質なメカニズムだった時代には、人間の労働を軽減する明瞭《めいりょう》な役割を持っていたし、その時点ではもちろん誰も反対はしなかった。そこから、少しずつ部分的に有機化されていったのだから、どこかに明確な一線があったわけではない。それを言うならば、さらにまえの、人工知能に行き着く議論になるだろう。警鐘を鳴らす学者はいたが、まだそんな危険な段階ではないとの見方が大勢だった。

それは、今でも変わらないだろう。ウォーカロンが人口の半分を占めていると聞かされても、僕はそこに危険性を感じなかった。ウォーカロンが危険であるという根拠は科学的に証明できないからだ。彼らは、人間と同じものである。人間よりもむしろ整っている。

完璧なものに近く、欠陥が少ないという意味だ。だから、争いを好まない。捨て身にならない。穏やかな性格を伝統的に受け継いでいる。そういった血統が初期の段階で重んじられたためだ。これは、「品種改良」とかつては呼ばれていた操作だった。

自分の躰の中にも部分的に人工細胞が取り込まれている。なんらかの不具合があれば、正常なもので補われる。現代医療では常識だ。そうしているうちに、部分的にであれ、ウォーカロンに近づく。全身の半分以上が人工細胞になっている例など、ごく普通だ。だからといって、その人物が人間でなくなったわけではない。

また、そうして移植された躰の一部が、反乱を起こして、自分という個体を乗っ取ろうとするわけでもない。いずれも、誠実に務めを果たすだろう。社会においても、生きたウォーカロンたちはそれと同じ存在なのだ。むしろ、社会にとって脅威なのは、一部の狂った人間たちである。それが歴史に刻まれている事実なのだ。

## 4

局長のシモダに呼ばれて、彼の部屋を訪れた。僕がいるところよりも十六層上になる。それでも地上までまだ百メートルほどあるのだ。

話というのは、アリチが回復した、という明るいニュースだった。既にコミュニケーションが取れる状態で安定している。躰の一部の外科治療が残っているだけだ、と聞かされた。この外科治療というのは、アリチ自身が生み出した細胞で置き換えること、つまり、新しいボディを作るという意味だろう。

「今度会ったときには、若くなっているかもしれませんね」と冗談を言っておいた。

「先生にメッセージがあります。簡単です。チカサカに会え。それだけだそうです」

「チカサカに会え」言葉を繰り返した。そんな人物を僕は知らない。

「現在まだ通信の信頼性が充分に確保できないので、アリチ博士と直接話すことはできません。博士を輸送するのも当分の間は無理ですし、先生に向こうへ行ってもらうのも、我々としては簡単には承諾できません。このまえのようなことがある可能性が高いと考えているからです」

「チカサカというのは、誰ですか？」

「動物学者です。日本動物園の園長です」

「日本動物園？　どこにあるのですか？」聞いたことがなかった。

「国会議事堂の近くです。ほとんどの人は、日本博物館だと認識している」

「ああ、それなら、一度行ったことがあります」

首都サッポロの中心地にある。立派で荘厳《そうごん》な建物を覚えていた。学会か委員会があったとき、時間があったので一人で見てきたのだ。一時間くらいの見学だった。恐竜のレプリカとか、古代人類の標本などが展示されている。動物園といわれれば、たしかに動物ばかりだったからそのとおりだが。

「会えというのは、どういう意味なんでしょうね」

「さあ……、わかりません」シモダは首をふった。「とりあえず、局員をそのチカサカ氏のところへ行かせています。先生には、なにか心当たりはありませんか?」

「全然」

「そうですか。まあ、アリチ博士の頭脳がまともかどうかも、保証の限りではありませんからね」

「そうですね」

「研究の方はいかがですか?」

「おかげさまで、まあまあです」

「順調ということですか?」

「こればかりは、その、基準になるものがありませんので」

「たとえば、パラメータがすべて同定できるのは、いつ頃になりそうですか?」

「わかりません。早ければ、来月にも、なにかトラブルがあれば、何年も遅れるでしょう。そういうものです」

「わかりました」口を笑った曲線にして、シモダは頷いた。

「なにか、適用したい対象があるのですか？」

「もちろん、それはあります」

「もし、お急ぎならば、私が測定をしましょうか？」

「それは、先生が判断をされるということですか？」

「そうです。パラメータの同定は、つまりは私の判断が基準となるわけですから、今の私が行う判断とさほど精度は変わりません。単に機械的な測定ができる、というだけの話です」

「なるほど。では、もしかしたら、何例かお願いすることになるかもしれません」

「相手が、測定に協力的ならば、さほど難しいことではありません」

「そうですか。幸い、抵抗するような例はないと思います」

「過去に、凶悪犯の測定を依頼されたことがあって、あのときは大変でした」

「凶悪犯ですか、それは危険な仕事ですね」シモダは笑った。

「同じ部屋に入るわけではないので、私は安全でしたが……。ただ、質問に答えてもらえないとか、思ったような反応をしないとか、いろいろ難しいことになるわけです」

「そのときは、どんな判定をされたのですか？」

「人間ではないと結論しました」

「なるほど。そうなると、その凶悪犯は、処分をされることになったのですね？」

「人間であれば、死刑にはなりませんが、ええ、ウォーカロンは法的にその庇護《ひご》を受けません。消滅させられます」

「ウォーカロンにそんな凶悪犯がいたというのが、私には驚きです。いえ、例があることは知っています。でも、不明なままでというのは、聞いたことがない。オリジナルが行方不明だったわけですね？」

「そうです。通常は、人間が主犯で、その手助けをしたという形が多いそうですが、その例では、彼が主犯でした。重要なデータになったでしょう」

「どんな感じでしたか？　後学のために是非《ぜひ》お聞きしたいのですが……」

「極めて高い知能を持っていて、礼儀正しく、真面目《まじめ》で誠実な人物でした。罪は、五人の人間を殺したことです。彼には恨みはなかった。そこが凶悪と言われている部分ですが」

「無差別殺人ですか？」

「結果的には、そうですね。ただ、目標を定めたあとは、用意周到に事を運びました。自分は、それをする使命がある、と主張したそうです。精神鑑定でも異常はなく、そのあと、若干の違和感を覚えた精神科医が、ウォーカロンではないのか、と報告したのです。それで、私が判定をすることになりました」

「判定は、先生が一人で？」

「いえ、三人でした。私以外の二人は、医学、生物科学の方で……。いずれも、判別ができない、という結論でしたが、どちらかと言われれば、人間だとおっしゃいました。私だけが人間以外の判断をしました。その囚人の頭脳細胞を後日確認したところ、明らかにウォーカロンだと判明しました。残念ながら、脳細胞の観察は一部では不充分です。生きた状態で観察することが事実上不可能なので、非破壊試験にはなりません」

「それで、先生の手法がだんだん注目を集めるようになったわけですね」

「それは、ええ、あまり気にしておりませんが……」

シモダと施設内のカフェに行き、一緒にランチを食べた。サンドイッチだった。サンドイッチの形をした食べものという意味だ。まだ昼休みには少し早かったので、カフェは空いていた。隣のテーブルも空席だった。

「結局、私の命を狙ったのは、誰なのですか？」

「誰という個人ではありません」

「どんな組織ですか？　目星をつけているのではありませんか」

「あれから、ほとんど戦争のようなものです」シモダはそう言って、サンドイッチに齧《かじ》りついた。情報戦という意味だろう。「実態はわかりませんが、やはり、組織的な動きが感知されます。おそらくは、企業間か、一部の政府を取り込んだ国際的な組織かと」

「困りましたね。ずっと、そんなところに命を狙われ続けるなんて」

「いえ、先生の研究が成熟して、技術が一般化されれば、先生を狙っても無意味になります。もう少しのご辛抱《しんぼう》かと」

そうだろうか、と思った。なにしろ、この種の技術はいたちごっこなのだ。こちらの手法を分析して向こうも対処をする。その間に、またこちらは手法の強化をする。そのためには、自分が持っている感覚というかノウハウがやはり重要になるはずだ。そんなことは、向こうも理解し予測しているところだろう。命を狙われ続けることには変わりない。この状況を打破するためには、後進を育て、自分と同じレベルの者を増やすしかないだろう。目標を分散させるだけのことだが……。

そのノウハウというのは、センスではない、もっと物理的な、「手触り」に近いものだ。長くやっているとそれができるようになる。たとえば、音色の判別は、周波数解析ではかなり高レベルの演算が必要になるが、人間は、知っている音ならばそれを瞬時に判別する。

次の日、ウグイが久し振りに姿を見せ、チカサカに会ってきた、と話した。シモダが局員を行かせていると言ったのは、彼女のことだったらしい。

「どんな感じだった？　こちらへ来てくれるって？」ときいたところ、

「いえ、そんな暇はないと、簡単に断られました」

「なにか、心当たりがあるようだった？」

「いえ、なにも」ウグイは首をふった。「アリチ博士と面識もないし、ハギリ先生のこともご存じではありませんでした」

「まあ、そうだろうね。分野がまったく違う」

「学者というよりは、政治家です。学識者協会の理事もなさっています。政界にも顔が利く人物です」

「苦手だなあ、そういうのは……。どうして、会わなくちゃいけないのかな」

「チカサカ氏も、そのようにおっしゃっていました」

「うん、困ったね……」

「お会いになりますか？」

「どうやって？　危なくて出ていけないのでは」

「議事堂のすぐ隣なんです。官邸にも近くて」

「だから？」

「チューブで行けます。私もそれで行ってきました。外部に察知されることはないと思われます。向こうにも知らせず、突然行くのが良いでしょう。チカサカ氏のスケジュールは、調べておきますので」

「アポを取った方が危険だということか……。じゃあ、行ってみようかな」

「わかりました。手配します」

# 5

二日後に、チューブに乗ることになった。僕はこの存在をまったく知らなかった。

これはリニアモータカーだが、経路となる管内が真空に近く、速度が出せる。その管がチューブと呼ばれるものだが、直径は一メートルほどで、小型のカプセルに人を一人乗せて走る装置である。この程度の小規模なトンネルは、シールドマシンで掘り進みながら管壁を施工する。比較的簡単で経費もかからないのだろう。ようするに大量輸送をしないという切り捨てによって、メリットが生じる。要人や重要物を安全かつ高速に移動させるために、方々に巡らされているのではないか、と想像した。

それから、チカサカ・ユウヤについても、いちおう情報を集めてもらった。昨日はその資料を読んだ。アリチと同年輩で、出身も同じだ。知らないと言ったそうだが、本当かどうかはわからない。研究業績は平凡ながら、むしろ研究の取りまとめや、執筆活動が主で、教育方面での貢献が評価されている。日本博物館は、たしかに日本動物園だった。動物園の敷地に博物館を建てたのだ。動物園といっても、ほぼ例外なく、人工動物だったはずで、ここ最近は経費節減のために事業が縮小されているらしい。今どき、動物の実物を見ようという人もいないだろう。そもそも、子供が少ないのだから当然である。

人工動物というのは、つまり養殖された動物のことだ。これも、人間のウォーカロンとまったく同じ歴史を持っている。当初は、ロボットだった。それが、有機的に作れるようになった。こうなると、人間とは多少違って、ほぼ本物と認識された。つまり、動物には、人間のような視点が存在しない。まったく同じものとして生きられる。

ただ、当然ながら新しい命は生まれなかった。ここでも、その理由がさまざま議論されたのだが、論点は発散し、仮説のまた仮説が多数生み出されるばかりで、解決には至っていない。アリチが、チカサカを指名したのは、おそらくはこのポイントだろう、と僕は考えた。これは、シモダやウグイが知らない観点であり、そういう意味で、自分が直接会いにいかなければならない、と判断したのだった。

チューブは、最高速度は時速八百キロだそうだ。真空なのだから、音速も関係ないわけで物理的にはもっと速度が出せるだろう。その必要がないということかもしれない。二人で乗ることはできない。一人ずつだ。ウグイがさきに行き、僕が数分後に乗った。

乗っている間は、揺れは感じられるものの、音はほとんどしない。静かなものだ。モニタで地上のニュースを見ていた。加速も緩やかだし、減速もほとんど感じなかった。多少振動が感じられて、おやっと思ったときにはハッチが開いて、外にウグイが立っていた。今日の彼女はいつもの機能的なファッションではなく、多少フォーマルな感じだった。会う相手に合わせてのことだろう。

エレベータで地上へ上がった。高低差は百五十メートルほどだという。さすがに、政治関係の中心地だけのことはある。おそらく、大規模な核シェルタも設置されているはずだ。

エレベータのドアが開き、小さな部屋に出た。制服の男が二人立っていて、ウグイが証明サインのやり取りをしたあと、表へ出ることができた。

通路を進み、二回自動ドアが開いて、ロビィに出る。開口部から明るい屋外が見えた。といっても、そこへ出てみると、やはりいつもの曇り空だった。階段を下りていき、振り返る。よく見る国会議事堂だ。

あちらこちらにガードマンが立っていた。しかし、見学者も多く、列を成している場所もあった。敷地内の石畳《いしだたみ》を歩き、ゲートへ向かった。ここは表門ではない。裏口だ。観光バスが駐車するスペースも見えた。大きなゲートの脇にある小さなゲートを係員に開けてもらった。

歩道に出て、しばらく歩くことになる。交差点では、横断道のフェンスが地下から迫《せ》り上《あ》がってきて、その中を渡った。向かいのブロックがもう博物館らしい。ウグイは、周囲を気にしていた。ときどき空を見上げている。小型のドローンを心配しているのだろう。道路にはほとんど自動車が走っていない。この近辺は通行が制限されているのかもしれない。

「こんな遠く離れたところで見張っているはずはないと思うけれど」と言うと、

「情報が漏れていなければ」とウグイは返した。

「それよりも、この近辺の人の動きを監視しているシステムに侵入すれば簡単だ。日本中でそれをしているかもしれない。できないことはない」

「それは手を打ってあります。そういった情報戦では、こちらが上かと」

「自信だね。どうして、もっと大勢で来なかった？　君一人で私を守れるってこと？」

「大勢では目立ちます。そちらの方が危険です」

「武器は持っている？」

「危険を感じた場合には使用できる許可も得ています。レベル・ワンの」

「レベル・ワンというのは？」

「人間を殺しても良い、というレベルです」

「あそう……」頷いたが、言葉が出なかった。レベルいくつまであるのかきこうと思ったが別のことを考えることにした。

日本博物館の受付で、ウグイがチカサカに会いたいと伝えた。自分のことは知っているはずだ、と係員に告げた。しばらく待っていると、許可が下りたようで、通路を進むことができた。館長室の前に立って、ウグイがそこをノックした。

「失礼します」と言いながら、ウグイが中に入る。僕もあとに従った。

大きなデスクの向こうで、チカサカは下を向いていた。モニタを見ているようだった。

「アポはなかったね。まだ、なにか?」チカサカは下を向いたまままきいた。

「はい、今日は、ハギリ博士をご案内しました」

チカサカが顔を上げる。こちらを見た。目を細めている。

「ハギリです。はじめまして」僕はお辞儀をした。

「近くにいらっしゃったのですか?」チカサカは、少々驚いたといった顔になる。しかし、デスクから前に出てきて、握手を求めた。「ようこそ。チカサカです」

握手をした。大きな手だ。大柄で日本人離れした風貌《ふうぼう》だった。サングラスに近い濃さのメガネをかけている。

「お時間はよろしかったでしょうか?」ウグイがきいた。

「ああ、そうだね……」チカサカはメガネの時計を見たようだ。「十分ほどなら」

「では、私は外におりますので」ウグイは頭を下げ、さっさと部屋から出ていった。

戸が閉まり、静かになる。

「彼女は、中央の関係だと聞いたが、本当かね?」

「いえ、私はよくは知りません。あの、今日ここへ来たのは、実は、自分でも理由がわからないのです。ただ……」

「会えと言われた」チカサカが言った。そして、横に立ち、片手で肩を押すような仕草で促した。

そこにあるソファに座るのかと思っていたが、そうではなく、通路側とは別のドアの方へ手招きされた。チカサカはドアを開け、中へと導く。

書庫のようだった。空気が冷たく、空調が利いていないようだ。窓もない。僕が入ると、彼はドアを閉めた。

「少し寒いかもしれませんが」

「いえ、大丈夫です」

「あちらの部屋は、盗聴されている。ここなら大丈夫です。古い書物を一緒に見たことにしましょう」そう言いながら、彼は書棚からクラシカルな本を一冊取り出して、僕に手渡した。熊のイラストが表紙に描かれている。タイトルは、ロシア語だった。翻訳機を作動させれば読めるが、その必要はなさそうだ。

「アリチ博士は、生きていますか?」チカサカがメガネを外してきいた。

「そう聞いていますが、直接確かめたわけではありません」

「そうですか。では、わからないのと同じだ。なにもかも、確かなことがわからない世の中です。時間がないので、手早く話しましょう。私は、ウォーカロン関連のメーカが作る国際協会の委員をしている。何故かというと、動物のレプリカの需要がまだ僅かながらにあるからです。それで、昔から動物園の関係者が委員になる。ま、それは良いとして、私は、その協会内では、日本政府の情報を漏らすスパイだと認識されている。これは、半分は当たっている。しかし、半分は間違いだ。おそらく、向こうも気づいていて、同時に日本側も知っている。そういう微妙なバランスの立場で、もう十五年ほど生きてきました。私は、アリチ博士に接近して、彼の持っている技術情報を得ようとした。それで彼と知り合った。彼は、動物関係の過去のデータを欲しがったので、世界中の実験結果を融通《ゆうずう》しました。普通では手に入りにくいものも含めてです。お互いに、利があった。既に、アリチ博士の技術は、メーカ側では古いものになりつつある。私が提供できる動物の実験も過去のものばかりだ。骨董品《こっとうひん》を交換し合っているような間柄でしたな。まあ、それは良いとして、とにかく、アリチ氏がときどき話してくれたことの中に、抽象的だが、とても興味のある発想があった。それは……、その、おそらく、先生がここに来たのは、それをご存じだからと想像しますが……、繁殖を妨げているものは何か、という重大テーマに関するものです。お心当たりは?」

「あります。アリチ博士から直接伺いました」

「それで、何者かが、博士の命を狙うことになった。そうですね?」

「そのとおりです。どうして、ご存じなのですか?」

「どこがやったかも知っています」

「どこですか?」

「その組織は、名称は知りませんが、ウォーカロン業界に関係があります」

「たぶんそうだろう、と予想はしていましたが」

「しかし、厳密には違う」チカサカは首をふった。「その業界からの脱走者たちが作った組織です。世界中にいます」

「そのことを、政府は知っているのですか？」

「いえ、おそらくまだ把握《はあく》していない。業界もそんな不名誉なことは公表できない。しかし、勢力は増しています。業界を脅かす力を持っている」

「目的は何ですか？」

「わからない。業界を潰すつもりなのか、何を要求しているのかもわからない」

「その、脱走と言われましたね。それは……、どういった……」

「そう、単に離脱した、裏切った、ということではない。脱走という表現を使ったのは、つまり、彼らが製品として教育されていた者たちだったからです」

「人間ではない、ということですね？」

「そうです。しかし、もちろん見た目は人間です。それに、彼らの中には、メーカ内で開発や研究に携わっていた優秀な者も含まれています。ですから、当然、過去の遺伝子ファイルを書き換えている。自分たちの立場を保障するためにです」

「なるほど、それで、私を狙うわけですか……」

「私が言いたいのは、ようするに、ウォーカロン業界がやっているのではない、ということです」そこで、言葉を切り、チカサカはじっと僕を見据えた。「まあ、信じてもらえないかもしれませんが」

「私は、どうすれば良いでしょうか？」

「それは、私には、その、なんとも言えませんな」

「なにか勘違いをしているかもしれない。私の測定が実用になっても、それは、たとえば非接触で一瞬で完了するような方法ではないのです。簡単にいえば、質問をしたり、なにかを見せたりして、その反応を見ながら分析するといったものです。ですから、空港や駅なんかで歩いている人間からウォーカロンを検出することはできません。必ず一対一での接触が必要になる」

「そういった情報は、私は今初めて知りました。業界も把握していない。ただ、公開されている資料で、測定が可能になりつつある、と解釈している。その解釈に基づいて、組織が動いている」

「困りましたね。そんなに凄いものじゃないって、どこかに投稿するしかないのかな」

「私は、先生の測定技術が、世界を救うと考えていますよ」

「世界を救う？　え、世界は滅ぶんですか？」

　チカサカは、そこで笑った。彼の言葉が冗談だったのか、それとも僕の返答が冗談だと思われたのか、いずれかだろう。

「その本に書いてある熊は、かつては北海道にいましたよ」声が少し大きくなった。彼はドアを開け、僕の肩を押した。「私の祖父が、熊を撃ったことがあると話していました。何のために撃ったんだってきいたら、何ていったと思います？　忘れた。そう、忘れたそうです」

本を開いてみたが、黴臭《かびくさ》いし、紙が劣化していて破れそうだった。開かない方が良さそうだ。

「これは、お借りできるのですか？」

「差し上げます」チカサカは答える。「大事にして下さいよ」

「わかりました。どうもありがとうございます」

チカサカは、通路側のドアへ行き、そこを開けて通路に顔を出した。「お嬢さん、終わりましたよ」

チカサカはデスクに戻った。開いたままのドアからウグイが入ってきた。

「いやあ、今どき、天然の動物に興味のある学者がいるとは思いませんでしたよ。いえね、そりゃあ、考古学の分野ならいくらでもいる。でも、先生のような第一線の方には珍しい」

「半分趣味みたいなものですから」僕も適当に話を合わせた。

「あ、そうそう。今夜はどちらに？」チカサカがウグイの顔を見てきいた。

「すぐに戻ります」彼女は即答した。

「それが良い。本当は、先生にこの辺りの名物をご馳走したいところですが、ええ、すぐに帰った方が良い。街に出たら、ウィルスをもらうだけだ」

「まさか、今どきウィルスですか?」ウグイが言った。

「他所者が来たら、ウィルスが黙っちゃいませんよ」そう言うと、笑顔を固定して、そのままチカサカは頭を下げた。

「博物館を見学していきたいのですが」僕は言った。それは正直なところだった。

「一時間くらいがよろしいでしょう。早めに切り上げて下さい」チカサカの目はもう笑っていなかった。

## 6

「一時間なら大丈夫って言っていたじゃないか」ロビィで、僕はウグイに言い張った。彼女がすぐに帰るべきだと腕を摑んだからだ。握力も強いし、言葉も強い。どこからその力が出るのか不思議だ。「せっかくここまで来たんだから、少しくらい……。ざっと見るだけだから」

「では、十五分だけ」ウグイが言った。

入場口から入って、展示室へ早足で向かった。後ろをウグイがついてくる。

「その本は、何ですか？」

「熊の本」歩きながら答える。

古代生物のエリアはほとんど駆け足で通り過ぎた。恐竜のスタティック模型があるだけだ。さらに、幾つかのエリアを過ぎたあと、水族館、昆虫館、動物館の順で、生き物たちを見た。それらの半分は、動態保存された種であるが、ほ乳類はすべて人工細胞で作られたレプリカだった。プレートにそう記されている。動物のレプリカでも、もちろん機械ではない。有機の頭脳を持っている。つまり、養殖というだけの違いになる。それは、生きたウォーカロンと同じ存在だ。繁殖はしないので、ときどき細胞を入れ替えて、長く生かすか、あるいは新しいものを培養するかだ。

このような動物たちの場合、天然なのか人工なのか、見分ける手法はあるのだろうか。僕にはそこはわからない。脳細胞の回路の違いについて、どこまで研究されているだろう。見分けること自体に意味がない、つまり需要がないから、そんな研究は誰もしていない、とも想像される。遺伝子のデータベースはないし、もちろん、僕の測定方法も役には立たない。

見分けることに意味がない、というのは、ある意味で真理だ。これは、もしかしたら人間にも当てはまることなのではないか。どうして、天然と人工を区別する必要があるのだろう。

それは、一つには、天然よりも優れた頭脳回路を最初に用いてしまったことが原因だった。動物のように、すべてを普通に細胞培養だけで作れば良かったのだ。それでは、失敗が多く、不良なものが出やすい、という経験があったのかもしれない。どうせ作るならば優秀なものが良い。さらに、関与ができるもの、制御ができるものが望まれたのも事実だろう。今さら、どうすることもできないのかもしれない。

そんなことを考えながら、生きた熊を見ていた。真っ黒で、体長は一メートルほど。熊というのは、もっと大きいものだと認識していたが、こんなサイズだったのか、と思った。

「熊がお好きなのですか?」隣に立っていたウグイがきいた。

「あ、いや、そんなわけでもない」時計を見る。

「そろそろ、出た方がよろしいと思います」

ほかにもちらほらと入場者がいる。不自然に走るわけにもいかないので、普通に歩いて出口へ向かった。建物から出ると、小雨だった。本当によく雨が降る。敷地内を歩き、表通りへ伸びる真っ直ぐの道を進む。こちらへ向かって歩いてくる男が前方に三人いた。いずれも若い。ウグイが立ち止まり、僕の方を向いた。

「向こうへ逸れましょう」そう囁き、また歩く。

彼女に従って、右手へ道を逸れる。駐車場へ向かう小径《こみち》のようだった。男たちは、真っ直ぐに博物館を目指して歩いている。こちらを見ているかどうかはわからない。あまり振り返るのも怪しまれるかもしれない。ウグイは、警察に小声で連絡をしている。至急来てほしいと依頼した。

国会議事堂の前に警官ならばいくらでもいるだろう、と思った。三百メートルほどしか離れていない。ウグイが少し早足になり、僕もそれに従った。

「走って下さい」彼女がそう言った。

振り返ると、三人がこちらへ向かって猛然と走りだしたところだった。

とにかく、必死に走った。もう一度振り返ると、ウグイは走っていない。

そこに立ったまま、相手を迎えようとしている。

「ウグイ！」と叫ぶ。

「走って！」と振り返って答える。

離れる方向へ走った。駐車場に入り、車の間を抜けていく。

風を切るような高い音が一瞬鳴って、近くの車のガラスが粉々に弾け飛んだ。頭を下げた方が良いか、などと考えたが、走るしかない。

後ろを振り返ったが、近くに来ているわけではなかった。

駐車場の端から植木の中へ飛び込んだ。植木といっても模造木である。そこから歩道への斜面を滑り下りた。車道を渡るには、交差点が少し遠い。車が走っていたが、そこへ飛び出した。こういう場合は、車が停まってくれる。反対側へ渡り切り、博物館を振り返る。誰の姿も見えなかった。ウグイが心配だが、引き返す選択はないだろう。

大通りの方へ戻ったところに交番があったが、それよりも議事堂の中へ入った方が安全だろうと考え、ゲートでチェックを受けてから中へ入れてもらった。その中では、ちょうど団体が列を成している。先頭がスタートしたところだった。走ってその全員を追い越し、列の前に出た。階段を駆け上がり、そこに立っていた警官に声をかけた。

「博物館にいたのですが、武器を持った男に襲われました。逃げてきたところです。もう一人連れがいるんです。警察に連絡したと思います」

サイレンが聞こえた。博物館の方へ向かうパトカーが前の通りを走り過ぎた。僕はゲートを通る人間を見ていた。少なくとも、さきほどの男たちはまだ来ない。ウグイも来ない。大丈夫だろうか。警察が来たから収束するのではないか。

「確認しました」警官が言った。「こちらで保護します。もう大丈夫です」

別の警官もやってきて、二人になった。建物の中へと指示されたので、気がかりだったが従うことにした。団体客もロビィに入ってきて、こちらをじろじろと見た。僕はベンチに座った。

僕が博物館を見たいなんて言ったせいだ、と後悔した。あそこを訪れたことは、どこかのカメラが捉えているはずだ。変装もしていない、個人がすぐに特定できる。その連絡が敵の組織へ行く。攻撃部隊が到着するのに、一時間とチカサカは見積もった。でも、それは大掛かりな部隊のことだ。たとえば、ドローンのような兵器だろう。伏兵がたまたま近くにいたのかもしれない。政治の中心地なのだから、それくらいはいるだろう。それで、先発隊が来た。それがあの三人か。

つまり、時間が経過するほど敵の勢力は増すはずだ。ここでウグイを待っている暇はない。すぐにチューブに乗って、ニュークリアへ戻るのが最善だろう。

そう考えたが、どうしても、それができなかった。警官のガードは四人になった。僕は通信手段を持っていない。傍受される危険があったからだ。

ロビィへ一人駆け込んできた。ウグイだった。

僕は思わず立ち上がっていた。

「良かった」そう言って彼女を見た。服が汚れているが、怪我はなさそうだ。

「行きましょう」彼女は言った。

警官たちに証明サインを見せ、狭い通路の中へ進んだ。ドアが二回開いて、エレベータのある部屋に入った。

エレベータに乗り込んだとき、彼女は小さく溜息をついた。

「あの三人は?」

「排除しました」

「殺したってこと?」

「確認はしていません。近い状況だと思います」

「凄いね。君は、無傷だ」

「はい」頷いたが、にこりともしない。

エレベータが開いて、今度は僕がさきにチューブに乗り込んだ。

ゆっくりとスタートしたあと、自分は疲れているから眠ってしまうだろう、と思っていたが、ちっとも眠れなかった。

相手は、弾丸を飛ばす銃を持っていたようだ。弾が一発だけ近くへ飛んできた。旧式のもので、一般に広く普及はしているものの、近代兵器とはいえない。おそらく、ウグイはもっと進んだ武器を使ったのだろう。僕が知っている範囲では、超小型の推進弾がある。これは、軌道を自己修正して必ず目標に命中するらしい。どんなものだろう。もちろん見たことがない。それから、直線に飛ぶ弾丸であれば、邀撃《ようげき》するシステムが実用化されている。どこまで確率が上げられるのかは疑問だが、そういうものの存在も聞いたことがある。

こんなに危ない状況が続くのなら、自分もなにか防御装備をしなければならないのではないか。ウグイにあとで相談してみよう、と思った。というのも、チューブの中では強力な磁界の影響で通常の周波数の電磁波が使えない。長波を使えば、外部、つまり地上に探知される。緊急時以外は連絡を禁じられている。

結局最後まで寝ずに乗っていた。後半は、チカサカから聞いた話を考えた。

これは、ウグイやシモダには、まだ話さない方が良いだろうか。少なくともチカサカは、そうしてほしいという態度だった。だが、敵を特定することの有利さは無視できない。早めに調べてもらった方が良いだろうか。そこを迷った。

チカサカが言ったことが真実だという保証もない。情報戦の一つかもしれない。そこまで信じたわけではない。けれども、もしチカサカが敵の一員なら、あの場で僕を殺すことができたはず。

もう少し、データが集まるまで判断を保留しよう、というのが、とりあえずの結論だった。

## 7

戻ってまず、二人で局長の部屋へ報告にいった。シモダは、まず僕に、どんな具合だったかを質問した。もらった本を見せて、ほとんど世間話をしただけだ、と嘘をついた。ただ、チカサカが、ウォーカロン業界と通じている、ということを聞いた、とだけ話した。それについては、もちろんシモダも知っているようだった。もらってきたロシアの本は、開いてざっと見ただけで返してくれた。

それから、ウグイに報告するように促した。彼女は、博物館を見学したあとに、出口で不審な三人が近づいてきたので、僕をさきに行かせ、そこで迎え撃ったと説明した。相手は若い男性たちで、訓練された要員ではなかった。持っていたのは通常兵器で、さきに撃ってきたが、排除するのは難しいことではなかった、とも。また、警察を呼び、事が終わったあとに警官が到着した。事情は説明しておいた。三人は、致命傷を負っているようだったが、助からないことはないだろう、とつけ加えた。

シモダは、それ以上は追及しなかった。既に警察とは話が通じているのだろう。三人の身許も判明していて、いずれも人間だとシモダは言った。

「はい、そうだと思いました」ウグイが頷く。

「どうして、そんなことが？」僕は口を挟んだ。

「ウォーカロンだったら、もう少し的確です。それに、適任者が任務に就くはずです」

「とりあえず、近くにいた者を寄越《よこ》したのだろうね」シモダが言った。「早めに先生を退避させたのは良い判断だった」

「ありがとうございます」ウグイがにこりともせず頷いた。

部屋に戻るとき、ウグイがついてきた。なにか話したいことがある、という顔だ。コーヒーを飲むか、と尋ねると、珍しく、ではいただきます、と答えた。

マナミが顔を出し、計測結果が出たので確認をお願いします、と言った。わざわざ来たのは、僕の顔を見たかったのか、それともウグイが来た理由を確かめにきたのかもしれない。彼女が出ていってから、テーブルでウグイと向き合って、淹れたてのコーヒーを飲んだ。

「さきに、ききたいことがある」僕の方から切り出した。

「何でしょうか？」

「君がどんな武器を持っているのか、興味がある」

「それなりのものを」ウグイは答えた。

「見たところ、大きな武器を持っているわけでもない。三人も相手にできるなんて、凄いと思って……」

「そういう訓練を受けています。当然のことです」

「つまり、秘密なのかな？」

「はい」簡単に頷いた。

「指の先から弾丸が出るとか？」

ウグイは黙っていた。表情を変えない。

「失礼……。今のは失言だった」片手を上げて謝った。

「では、私から質問をしてもよろしいでしょうか？」

「どうぞ」

「先生は、さきほど嘘の報告をされました。どういった事情からでしょうか?」

「嘘? どうして?」

「質問には答えられない、秘密だということですか?」

まさか、盗聴していたのか。 僕は、思わず自分の上着を見た。どこかに発信器でも付けたのか、と疑ってしまったのだ。しかし、それならば、チカサカが確実に探知しただろう。あれくらいの人物がそのセキュリティシステムを持っていないはずがない。

「今のが、証拠になりませんか?」ウグイが言った。

「え?」しまった、鎌をかけたのか、と気づいた。「違う、ちょっと、ペンを落としたかもって思ってね。あそこでがむしゃらに走ったから」

「一発だけ、先生の方へ弾丸が逸れました。邀撃に失敗したものです」

「ああ、車のガラスを割った」

「旧式で良かったです」

「車が?」

「いえ、弾がです」

「今度、出かけるときは、私にも、その邀撃装置を使わせてほしいな」

「私が近くにいれば、同じことです。むしろ、私が使った方が確実です」

「まあ、そうだろうね。発言は撤回する」

「チカサカ氏に会いにいった価値はありましたか?」

「うん、それが、よくわからない。でも、本はもらった」

デスクに手を伸ばし、本を手に取った。

「君は、ロシア語は読める?」

「多少ならば」

「え、読めるのか……」その本を彼女に手渡した。「タイトルは何て?」

「熊の生態、ですね」

「やっぱり、絵本じゃなかったか」

彼女は、本を開き、ページを捲《めく》った。中にも写真や図が多い。しばらく、その姿を僕は眺めていた。ただ、若い女性が顔を少し傾け、膝の上の本を眺めている自然な光景だった。

二分くらいだったろうか、彼女は、本を閉じて、テーブルの上、僕の前に戻した。

「何が書いてあった?」

「約二百年まえに書かれたもので、あの地方でまだ残っていた野生の熊の調査をしたものです。二種類の熊がいたと書かれています。どの季節にどんなことをするのか、といった内容です」

「そう、面白そうだ……」

「どうして、その本を?」

「面白そうだからじゃないかな」

「なにか、意味があるのではありませんか？　借りたものですか？」

「いや、もらったんだ。持っていって良いとチカサカ氏が言った」

「先生が欲しいとおっしゃったのですか？」

「うーん、表紙の絵が可愛いなと思ったので、正直にそう言っただけだよ。まあ、記念ということじゃないかな。あの人は悪い人間には思えない。君は政治家だと言っていたけれど、私にはそんなふうには見えなかった」

「そうですか」

なんとか誤魔化《ごまか》すことができた。ウグイはコーヒーを飲むと席を立った。ドアから出ていくとき、ありがとう、とお礼を言っておいたが、黙って頭を下げただけだった。

# 8

一人になったので、その〈熊の生態〉を読むことにした。僕はロシア語なんてさっぱりだから、スコープを通して翻訳しながら読む。

しばらく、普通に読んでいた。内容は、ウグイが言った概略のとおりで、詳しいデータが掲載されているが、頭には入らない。つい流し読みになり、気がつくとほかごとを考えていた。

それは、もちろん、チカサカから聞いた話だ。ウォーカロンがメーカから脱走して作った組織が僕を狙っているのだ、と彼は言った。その組織が世界的なものだとも。つまり、テロ集団のようなものだろうか。この頃、テロ集団というのはほぼ壊滅したと聞いている。争う未来がない、というのが主な原因だろう。ウォーカロンであってもそれは同じことで、むしろ反社会的な立場を取れば、延命さえ難しくなる。なにも利はないように思えるのだ。まさか、世界を自分たちの手で支配しようなんて、古典的な野望を抱いているとも思えない。それは笑えるジョークでしかない。

現に、テロは起こっていない。非常に局所的な破壊、あるいはピンポイントの殺人が未遂に終わっているだけだ。否、アリチ博士を殺そうとしたのも彼らならば、成功した例もある。僕に関しては、幸いにも未遂に終わった。

彼らはどこにいるのだろう。何を目指して集まり、どんな活動をしているのだろう。メーカから脱走したのは何故なのか。支配を嫌ったのか。単に自由が目的ならば、そのまま社会に潜伏すれば良いだけだ。グループになる必要が認められない。

そんなことを考えているうちに、読んでいた目の前の文章が、急に不思議な言葉として飛び込んできた。

熊さんが襲ってくる。
恐ろしい声を上げて迫ってくる。
もう駄目だ。
でも、少女は言いました。
「黒い魔法を知っている?」
「そんなものは恐くないさ」と熊は言いました。
「白い魔法を知っている?」少女は続けて尋ねました。
「そんなものはなんでもないさ」と熊は笑います。
「じゃあ、赤い魔法を知っている?」
それを聞いた熊は、そのまま動かなくなりました。
そして、砂が崩れるように、地面に落ち、散ってしまったのです。

唐突にその文章が、そのページに挿入されているのだ。字体も字の大きさも違っている。そのあとは、また普通に学術的な文体に戻っていた。
前後のつながりがまったくない。なにかの引用というわけでもなさそうだった。まるで子供向けの絵本のような文章でもある。この本にこんな内容が、と不思議に思ったが、そこで自分がスコープをかけていることに思い至った。すぐにそれを外して、本を見る。ロシア語のアルファベットが並んでいる。どの部分がそこに当たるのか、手で文章を隠し、またスコープで確かめてみる。それを繰り返すうちに、その絵本みたいな文章が原文には存在しないことがわかった。これには驚いた。

つまり、この本に書かれているのではない。この翻訳機が勝手に捏造《ねつぞう》した文章なのだ。その後のページを捲って確かめたが、最後まで不審な文章は現れない。翻訳機の誤動作であれば、ほかのページでも起こりそうなものだ。念のために、図書室へ出かけていき、別の本でも確かめてみた。ロシア語の本もあったので、それもスコープを通して調べた。しかし、再現できない。

どうしてこんなエラーが起こるのか、と考えた。隣の部屋から借りてきたスコープでも同じように見える。ハードの故障ではない。

「どうされたのですか?」とマナミが首を傾げたが、

「いや、なんでもない。故障したと思ったけれど、勘違いだった」と誤魔化して、彼女のスコープを返した。

さらに、その不思議な文面が何を意味するのかも気になったので、熊の話を検索してみた。童話として有名なものかもしれない、と思ったからだ。しかし、全文を入力して検索にかけても、それらしい候補に行き当たらない。部分的にヒットするデータは大量にあるが、全体として同じ文章は存在しない。適当に一致度を下げて探しても、見当違いのものばかりだった。

ところが、ここでまた驚いてしまった。もう一度、〈熊の生態〉の当該ページを開いてみたときには、その一文がそっくり消えていたのだ。つまり、スコープの表示は正常に戻った。軽く振ってみたりと、非科学的な処置も試みたが、もちろん影響はなかった。

何度再起動させても、結果は変わらない。あの文章は出なくなってしまった。ここに至って、自分の精神を疑うことになった。幻覚を見たのではないか、と。そんな経験は過去に一度もないから、本気ではない。しかし、まず人間を取り替えて、マナミに見てもらうべきだったと後悔した。

デスクの椅子に深く座り、リクライニングさせて天井を眺めながら考えた。

幻覚ではない。その文章を写して検索させたではないか。その時点では、スコープにそのデータがあったのは事実だ。検索結果は、今もモニタに表示されている。

気を取り直して、その検索結果の候補をもう少し丹念に見ていくことにした。少なくとも、原本の〈熊の生態〉には無関係のようだった。また、絵本やアニメに同種のものがあるとも思えない。あれば、そのような映像がもっと多く現れるだろう。

映像データの中で気づいたのは、少女の登場するもので、それが数例あった。映画かドラマだろうか、と思ったが、見てみると、ホームビデオのような映像で、ただ、少女がこちらを見て微笑んでいるだけの短いものだった。十歳くらいだろうか。髪は黒いが、日本人とは思えない。それに関する文字情報はなかった。どのサイトのものかも不明。つまり、オリジナルが現存しないということか。それにもかかわらず、同じものが幾つも存在している。

その動画は一分ほどで、繰り返し見た。少女は白いドレスを着ている。椅子に座っていて、足が床に届いていない。カメラは固定されておらず、撮影者が最初は遠くにいて、彼女に近づいていく映像だった。話をするわけでもない。

次に、その少女の顔で検索をしてみたが、これが不思議なことに、まったく検索できない。似ているものに範囲を広げると、大勢の顔写真が現れたが、僕が見た範囲では、誰も似ていなかった。しかも、今どきこんな小さな子供の映像は少ない。すべてが古いデータだ。

少々疲れてしまい、そこで諦めた。

デスクから離れ、ソファで横になった。急に眠くなったかもしれない。もう勤務時間も終わろうとしている。夕食の時刻が近い。でも、食欲はなかった。チューブで眠れなかった分が、今押し寄せてきたのかな、と思った。

モニタで見た少女が目に焼きついている。彼女の夢を見そうだ。

そういえば、熊と少女の物語があったような気がする。それを思い出して、もう一度モニタに向かって検索をした。これは、童謡だった。沢山のヒットがあった。歌も聴いてみたが、しかし、聴き覚えはない。それに、さきほどの少女にも、また、幻の文章にもまるで一致しない。

しかたなく、ソファに戻ることにした。〈熊の生態〉の続きを読むことも諦めた。

この本を書棚から出すときに、チカサカがどんな仕草だったかを思い出した。彼は、目の高さの段にあった右から数冊めの本を指で引き出した。その本が初めから用意されていたとは考えにくい。しっかりと書棚を見ているふうでもなかったからだ。単に、適当に一冊引き抜いた、といった感じだった。

重要な話を、彼は僕にした。本を手渡したのは、カモフラージュのためだった。外でウグイが待っていたし、彼の仕事部屋にはカメラが設置されていたかもしれない。書庫に入った理由として、その本が必要だっただけだろう。

では、今の幻の文章は何なのか。単なる偶然のエラーだろうか。しかし、熊が登場している点で、本と内容が一致している。熊以外では、魔法という言葉がキーワードのように思えた。熊はどうして動かなくなったのだろうか。

レイチェルは止まり木でまどろんでいるフクロウを指さした。鳥はつかのま両眼をひらいたが、ふたたび眠りに落ちるにつれて、その黄色い裂け目は傷口が癒えるようにくっついていった。眠りかけたフクロウがまるでため息をついたように、胸が大きく波打っている。

# 第3章　願望の機関　Desirable engine

## 1

ニュークリアの中にも、生きたウォーカロンが何人も働いている。彼らは一様に優秀な能力と穏やかな性格を併《あわ》せ持《も》っている。測定データの同定に必要な追加実験を行うために、数名に協力をしてもらった。測定といっても、脳波を測った状態で簡単な会話をするだけである。彼らには、もちろん、研究の目的を説明した。

そんな中に、ニーヤという名の男性がいた。彼は、技術系の職員だが、優秀さが認められて係長になっている。ここでもう十数年働いているらしい。測定が終わったあと、彼と二人だけで話をする機会があった。測定室で、ほかのスタッフが出ていって、たまたま二人が残ったのだ。

「お疲れさま」僕は彼に言った。その言葉で、彼が部屋を出ていくと予想していた。

「ハギリ先生、ちょっと雑談したいことが……。よろしいでしょうか」ニーヤが言った。

少し意外だった。もちろん、ウォーカロンだからといって雑談をしないわけではない。ただ、おおむね、彼らは無駄なことをしない。自分が人間ではないという意識を、教育によって植えつけられているせいかもしれないし、また、遺伝子的にそういった合理性を重んじる種が選ばれているのかもしれない。

「ああ、かまわないよ」僕はソファに座ったまま答え、「ここに座って」と対面の椅子をすすめた。

「ありがとうございます」彼はそこに腰掛けた。

「何？　どんな話がしたいの？」

「えっと、測定結果で、私はどうだったのでしょうか？」

「ああ、それはね、すぐにはわからない。分析をしてみないとね。それに、個人のことを調べるのが目的ではなくて、データを集めて統計処理をする。全体の傾向を把握するだけなんだ」

「でも、人間との違いが出るわけですよね？」

「うん、まあね。でも、そんなこと、気にする必要はないよ。人権としては同等だと法律で定められている。心配することではないと思う」

「いえ、心配はしていません。私は、そういった測定が必要だとも信じています」

「そう……」僕は彼の顔を見た。「どうして、そう考えるの？」

「人間だって、人種とか、民族とか、先祖とかを見極める方法があります。それと同じことで、なにかトラブルが起こったときに、ルーツを明らかにして、原因を探ることは重要だと考えます」

「どんなトラブルが起こると考えているわけ？」

「そうですね……」彼はそこで視線を逸らした。考えている振りをしているのだ、と僕は思った。彼の頭脳ならば、本来は即答ができるはずだ。「たとえば、ウォーカロンが重大な犯罪を行ったような場合です。人を殺したとか、人を騙《だま》したとか、大勢を戦争に導くとか」

「それで、そういうときに、ウォーカロンだったら、どうだって言うのかな」

「その系列の同種を排除することによって、社会に利益がもたらされます」

「うん。しかしね、それは人間でも同じことなんだ。今まで、そういった操作《そうさ》が成功したためしはない」

「人間は、基本的に排除できません」

「ウォーカロンだって、排除はできない」

「そうでしょうか。私は、可能だと考えます」

「どうして?」

「やはり、命の重さが違うということです」

「それは、もうずいぶんまえに議論し尽くされた問題だ。そうではない。天然のものであっても、人工のものであっても、生まれてきたことに差はない。もし、君がそんなふうに信じているとしたら、少し考え直してもらいたいと私は思うけれど」

「それでも、多くの人間は、先生のようには考えていません。理想は理想。現実は現実です」

「現実っていうのは、どこにあるのかな? 君はここでは理想の世界にいるんじゃないのかな」

「そうなんです。ここは理想的です。でも、地上に出れば、現実の世界があります」

「なるほど、そういう話か……。知合いが差別を受けたとか、そういう事例があったんだね?」

「たとえば、人と知り合って、親しくなったときなどに、それが決定的になるように思えます」

「結婚したい相手がウォーカロンだったら、夢から醒《さ》めてしまうとか?」

「ええ、そんなことも、あるかと」

「うーん、人生相談みたいだね。私は、あまりそういうのには向いていないと思うよ。いや……、こんな話をしたくないと言っているんじゃない。話してくれたことは、素直に嬉しい。でも、私は独身だし、その……、異性とつき合った経験もない。だいたい、この頃はみんなそうなんだ。結婚っていうのも、古くさい習慣というか、伝統のような儀式になってしまったし、もちろん、子供は生まれないから、家庭に変化もない。異性に魅力を感じるという本能も衰退しているみたいだ。まあ、それはある意味、人間がウォーカロンに近づいている現象だね。両者が歩み寄っている。もう違いはないんだよ。それに、個人差というものがあって、そちらの方がずっと大きい。だから、人間の中のウォーカロンっぽい奴の方が、ウォーカロンの中の人間っぽい奴よりも、ずっとウォーカロンだろうね。君なんか、私よりも人間っぽい」

「それでも、先生の測定で判別ができるのですか?」

「たぶん、できる」

「不思議ですね」

「これは、つまり、そういう性格的な問題ではないんだ。それよりも、君は現実になにか問題を抱えているのかな?」

「ええ、実は、部下の一人に魅力を感じています。その人は人間なのです」

「へえ、それはまた……、なんと言って良いのか。ますます……」

「人生相談ですね」

「そのとおり。今どき珍しいんじゃないかな。いや、失礼。何が問題なの?」

「彼女の方は、私を認めてくれています。そう言ってくれます。でも、私は、その、蟠《わだかま》りがあるというか、躊躇してしまうときがあります」

「そんなの、悩まなくても良いんじゃないかな。あくまでも、個人的な意見だけれど」

「いっそのこと、子供が生まれてほしいと思います」

「へえ……」彼のこの言葉には驚いた。「それは、ちょっとびっくりした」

「不謹慎《ふきんしん》ですか？」

「いや、そんなことはない。そうか、そう思うのが普通なのかな」

「私にはわかりません」

「私にもわからないね。そうだ、カウンセリングを受けてみたら？」

「そうですね」

「いや、精神に異常があるという意味ではないよ。人に話した方が、良い結果になるのかなって、想像しただけ。今だって、私に話して、少し気が済んだんじゃない？」

「はい、そのとおりです。ずいぶん落ち着きました」

「それは良かった」

「あ、もう……、行かなくては。先生、お忙しいところ、申し訳ありませんでした」彼は立ち上がった。

「いつでも、また話を聞くよ」

「はい。ありがとうございます」彼は微笑んで頷いた。

## 2

生きたウォーカロンは、たいてい非常に好印象だ。少なくとも僕の観察では、その確率が人間よりも高い。おそらく、一般大衆の多くも、同じように感じているのではないか。ウォーカロンが社会に出て、もう長い時間が経っている。最初は、「偽物」に対する違和感がきっとあっただろう。もっと過激な嫌悪感も一部は抱いたはずだ。しかし、それは過渡期だけのことだった。実際に接してみれば、むしろ人間よりも信頼ができる。安全だということも理解が広まった原因の一つだろう。

これに関しては、僕は詳しくはない。ただ、ウォーカロンがまだ機械だった時代には、プログラム的な安全装置が組み込まれていたことは知識として知っている。これは、それ以外の機械でも当然あった。人間が設計して作り出すいかなるものも、人間の安全が第一に設計される。最もその矛盾を孕《はら》んでいる兵器や武器であっても、必要最低限の安全設計がなされているものだ。

ウォーカロンはもちろん兵器ではない。人間が肉体を投じて殺合いをする戦争は、ウォーカロンが誕生する以前に消えている。したがって、ウォーカロンが武器を持った歴史はない。あったとしても、ほんの局所的な、無視できるほど一部の事例に限られたはずだ。それに、新しい生命が誕生しない現実を前に、殺合いの無意味さはさらに大きくなった。エネルギィや食料の問題よりも、人類存続の方が優先となった。殺し合っている場合ではない。生きている者は、人間であっても、ウォーカロンであっても、協力し合う以外にない。その思想がもう長く、この社会を支配しているのだ。

国際紛争は、世界政府の誕生を機に減少の一途を辿っている。資本主義は崩壊したが、持続・維持を合理的にデザインする社会になった。人口が増えないことで、これは、なるべくしてなった選択だったといえる。

一方で、国家や地方は、文化を守ることにエネルギィを使い、互いの交流は最低限のものになりつつある。資産を増やそうとする指向性が社会から消滅したことで、やはり必然の方向性だといえるだろう。

多くの研究エネルギィが、人類存続のために費やされている。ウォーカロンを、その一環と捉える向きもあった。絶滅種を養殖で蘇らせるという技術が、以前から存在したためだ。まさか、自分たち人間にそれが適用されるとは、誰も予想していなかっただろう。

僕は、以前よりも安全で、ずっと静かな環境で研究を続行した。なにしろ、委員会はないし、学会のために報告書を書く必要もない。仕事は予想以上に捗《はかど》った。一カ月後には、ほぼパラメータを同定するに至った。近似式は完成し、それを組み込んだプログラムも作られた。測定システムは、専用の装置も幾つか生産され、まず数カ所で試験的に運用されることになった。一般に普及させる前段階といえる。装置はたったの六つで、関係の深い機関五つへ送られた。残りの一つが、このニュークリアで用いられることになった。

僕は一週間の休暇を取った。といって、自由にどこへでも行けるわけではないし、また、行きたいともさほど思わなかった。

それでも一度だけ、海に近いところへ出かけた。チューブを使って、日本海側の都市へ行った。ウグイが同行してくれた。二人とも軽く変装していった。国立病院の地下に出て、そこからタクシーで海岸まで行った。波が高く、あまり近づけなかった。でも、潮の香りだけでリフレッシュできた。おそらく養殖だと思われるけれど、海の幸を土産《みやげ》に買って戻った。一時間ほどしか滞在していない。幸い、何事もなかった。

かつての仕事場で助手だったアカマとメッセージをやり取りすることができた。通信は危険なのだが、文通の形態ならば許可が下りたからだ。メッセージを各所に経由させれば、どこで発信したのか誤魔化すことができる、という理由らしい。ほどなく向こうから返信が届いた。彼は、僕のいたポストに就《つ》いていて、忙しい毎日を送っているという。助手の方が良かったと恨みがましいことを書いてきた。僕がどこか遠くの国にいるものと想像しているようだった。パラメータの同定が終わったことを祝福してくれた。無愛想な男だが、離れていて、文章で読むと、なかなか礼儀正しいし、心が籠《こも》っているように感じた。あの無表情な顔を見ない効果が表れたものだろう。

　新しい測定システムの試行が始まって、その結果が僕のところへ届くようになった。まだ実践ではなく、結果がはっきりしている対象に適用し、その妥当性を検証する段階だった。この期間を経て、結果が良好であれば、次の段階へ移る。次は、国の機関を中心に一般にも利用されることになり、その後はさらに、広い範囲に市販されることになっている。世界中から予約が届いているそうだが、市販は半年ほどさきになるだろう、との見込みだった。

　当初、大きな問題は発生しなかったが、適用事例が増えてくると、予想はしていたことだが、多少の修正が必要な部分が出てきた。これは簡単な作業で、ほとんどリアルタイムで対処ができた。ただ、二週間ほど経ったところで、一つ問題が見つかった。それは、予想もしない部分だった。

　問題は、年齢の低いウォーカロンで精度が低い、というものだった。これには、すぐには手が打てないと感じた。なにしろ、もともとのデータにおいて、低年齢の対象は極端に少なかったからだ。人間もウォーカロンも、どちらもである。

　人間の子供は、今ではほとんど存在しない。絶滅したといっても良い。世界中を探しまわれば、もちろんいるはずであるが、先進国では特に少ない。国内では、測定データを採《と》ることは絶望的だ。一方、ウォーカロンについては、十四歳以下は、メーカが製品として出荷できない規定になっている。一部に例外が認められることがあると聞いていたが、その例外とはどんなものなのか、僕は知らなかった。

これまでの研究でも、国外で例外的に見つけた試験体を測定しただけだ。それも充分なものではない。言葉が通じていない可能性もあるし、個体のレベルの調査が正確ではなかった可能性もある。その少ない例からは、大人のデータとほとんど変わらない、という結果が得られた。だから、年齢には無関係にパラメータを導いたのだ。

そもそも、子供を測定対象にすることを、僕はまったく想定していなかった。そういった需要があるとも考えていなかった。今でも、そう思っている。だから、それはこの測定方法の仕様であって、適用外とするのが妥当だ、とまず考えた。

ところが、局長のシモダはそれに反対した。その部分のデータを今からでも集めて、対応すべきだと言うのだ。どうやら、情報局としては、低年齢の測定に需要があると判断をしているようだった。理由は教えてもらえなかった。

もしあるとしたら、ウォーカロン業界が、低年齢の製品を出荷している、ということだろう。表には出なくても、世間にけっこう流通しているのかもしれない。それが具体的にどんな経路なのか、僕には想像もできなかった。

しかし、追加実験には両方が必要だ。子供だったら、もうほとんどウォーカロンなのではないか、というのが僕の意見だった。それでは、データが偏《かたよ》ってしまう。だが、それもシモダは否定をした。一部の途上国には、まだ人間の子供が相当数存在していて、それが世界中に流通している、というのだ。子供が売られている、という意味らしい。

「本当ですか?」と思わずきいてしまった。「今どき、そんなことがまだ?」

「こんな世の中だからこそ、でしょうね」シモダは言った。「それに、当然ながら、ウォーカロンでも良いから、という思いも強いはずです」

なるほど、それでメーカが裏で融通している、というわけか。そういった世間の事情に、あまりにも自分は疎《うと》かったようだ。

とにかく、子供をできるだけ集める、とシモダは約束した。信頼できるルートだけを使うから、大勢は無理だが、それでも幾らかは既に話が通っている、と言う。

「人間の子供をできるだけ多く調べたい」僕は意見を言っておいた。たぶん、そんなことは無理だろうと思ったが、これまでのデータの不備に関する言い訳でもあった。

シモダは頷いただけで、なにも言わなかった。話はそこまでだった。

子供に関する観測結果は、かなり古いものしか残っていない。およそ、六十年くらいまえのものだ。その当時には、まだ子供が幾らかいたのだ。僕だって、その少しまえに生まれている。しかし、当時はグザイ波については、存在が知られたばかりだった。それ以前のデータを利用するには、他の脳波から、相関関係で推測値を用いるしかなく、精度は著しく低下する。データの数は多くあっても、一定以上の精度は得られない理由がここにあった。

その数日後に、子供が三人やってきた。これはいずれも、ウォーカロンだった。九歳から十一歳で、男子二人、女子一人。さっそく測定を行った。どこから来たのか、名前は何というのか、は質問できなかった。きかないでほしいという条件が最初に提示されたからだ。髪も整えられ、仕草《しぐさ》はいずれもセレブ風、着ているものも高価そうだった。子供は、そういった裕福な家にしかいないのかもしれない。政府の関係者である可能性が高い。でなければ、ここへ来る経緯が、僕には思いつけない。

次の日には、十歳の女子が一人やってきた。僕は、自分の部屋にいて、職員の女性が彼女を連れてきた。そこで、僕は飛び上がるほど驚いた。あまりのことに、声が出なかったほどだ。じっと数秒間、その子を見つめてしまった。

それは、〈熊の生態〉の幻の一文を検索したとき、偶然見つかった映像の少女だったからだ。

## 3

映像と同じような白いクラシカルなドレスを着ていた。職員は、すぐに帰ってしまい、少女はそこに残された。僕は、マナミに測定の準備をするように伝えた。今日試験体が来ることは予定になかったので、用意をまったくしていなかった。システムを立ち上げるのに十分ほどはかかる、とマナミは答えた。

シモダにきいたところ、この子はなにも制約はない、との返答だった。名前も尋ねて良いということらしい。

「ごめんね、少しここで待っていてもらえるかな」僕は彼女にそう言った。

「もう待っているわ」少女はソファの真ん中に座って、足を前後に揺すっていた。

僕はデスクから離れ、彼女の前の椅子に移った。

「私は、ハギリといいます。よろしく。君の名前は？」

「ミチル」

「ミチルさん、いや、ミチルちゃんかな」

「ミチルさんが良いわ」

「じゃあ、ミチルさん。どこから来たの？」

「おうちから」

「おうちは、どこ？」

「うーん、どこかしら、よくわからない。おうちはおうちでしょう？」

「そうだね。誰と一緒に来たの？」

「マーガリィさん」

「あ、そうなんだ。マーガリィさんは、私も友達だよ」

「先生のことを聞いたわ」

「何て？」

「うーん、面白い人だって」

「そう……。面白いかな？」

「いいえ、まだわからない」

「私は、君の顔を知っているよ。まえに、写真を見たことがある」

「写真？」彼女は首を傾げた。

「写真を撮ってもらったことは？」

「あるわ」

「熊は好き？」

「クマって、お人形の？」

「本物の熊」

「見たことないもの」

「お母さんは、優しい？」

「お母さんはいないの」

「どうして？」

「わからない。お父さんもいないの」

「じゃあ、おうちにいるのは？」

「おじいちゃんとおばあちゃん。あと、スミレさん」

「スミレさんって？」

「うーん、えっと、スミレさんもウォーカロンなの。お掃除をしたり、ご飯を作ったりするわ」

「お手伝いさんかな？」

「お手伝いさんかもしれない」

「スミレさんもウォーカロンと言ったけれど、ほかに、誰がウォーカロンなのかな？」

「私」

「そうなんだ。それは、誰に教えてもらったの？」

「うーん、わからない」

「ウォーカロンっていうのは、どんなものかな？」

「うーん、よくわからない。人間じゃないってことじゃない？」

「そうかな。私には、君は人間に見えるけれど」

「先生だったら、そんな間違いはしないんじゃない？」

「先生でも、間違えることはあるよ。人間とウォーカロンは、ほとんど見分けがつかないんだ」

「おじいちゃんとおばあちゃんは、人間?」

「それは、会ってみないとわからない」

マナミが準備ができたと言いにきたので、ミチルの手を引いて、実験室へ向かった。子供というものに、僕はあまり慣れていない、と自覚した。手を取って、その手の小ささに驚いた。知識としては知っていても、体験がない。自分も子供だったが、それはずいぶん昔の話なのだ。

ミチルを椅子に座らせ、周囲にアンテナを設置する。この状態で、コンピュータが質問をする。ミチルはそれに答える。その間に、目の動きと脳波、その他、非接触で測定できる数々のデータを得る。測定は十分ほどで終わった。

ウグイが現れ、少女のためにケーキを持ってきた。僕の部屋に移り、ミルクティを作った。マナミも一緒に来たので、大人は三人だ。

ウグイもマナミも、日頃見せることのない明るい笑顔だった。子供にはそのように接するものなのか、それとも自然にそうなるのかは、わからない。僕に対するときと雲泥《うんでい》の差ではないかと思った。

ミチルは、ケーキをあっという間に食べてしまった。ウグイが、少女の口を拭いてやる。そのあと、シモダが現れ、少女を連れて出ていった。ウグイが送っていくものと想像していたが、そうではなさそうだ。ウグイの説明では、シモダにはミチルの家を訪れるついである、ということらしい。もちろん、ほかにもガードの人員が同行するという。どうやら、ミチルが「おじいちゃん」と呼んだのは、シモダが挨拶をするような立場にある人物らしい。もちろん、「おばあちゃん」の方かもしれない。ウグイは知っているようだが、そこまで詮索《せんさく》するのはいかがかと思われた。

マナミが部屋から出ていき、ウグイと二人だけになった。

「どうでしたか？」彼女がきいた。それをきくために残っていたようだ。

「測定の結果は、まだ詳しく見ていない。マナミ君のところへ行けば見せてくれるよ」

「いえ、そうではなく、先生の感覚として、どうだったかという質問です」

「うん、実は、当惑している」僕は正直に答えた。「測定のまえに、あの子とここで少し話す時間があった。私の評価としては、彼女は信じられないほど人間だ」

「人間に近いという意味ですね？」

「近い？　ああ、いや、その表現は、バイアスがかかっているね」

「私からも、先生にお伝えする情報が一つあります。あの子は、最新型なんだそうです」

「最新型？」

「はい。その情報を得て、今確認を急いでいます。最新型は、無許可には製造できません。もし事実ならば、メーカに検察が出向くことになるかと」

「最新型というのは、ポスト・インストールしたプログラムのことだね？　そうでないなら、十年もまえのことになる」

「その意味です。最近のことだと思われます」

「そうか……」僕は息を吐《は》いた。「それは、問題が複雑になるなぁ」

「どういうことですか?」

「子供だから測定精度が落ちるのか、それとも、新型のアルゴリズムだから適用できないのか、どちらなのかわからない」僕は両手を上に向けて広げていた。お手上げだというジェスチャだ。「ただ、年齢が低いことに、どんな効果があるのかは、ここ数日考えていたんだけれど、思いつけない。基本的に、成長過程で与えられる刺激も、それに対する成長回路も条件は同じものだ。大人に適用できるものが子供に適用できないという現象は、ちょっと考えられない。しかし、今の後者の可能性があるとすれば、その場合は簡単に納得がいく。まあ、希望的観測ではあるけれどね」

「希望的とおっしゃいましたが、それはどうかと思います」

「なるほど。たしかに、私の研究成果が否定されない、という意味しかない。そうだ。最新型が現れれば、現存するウォーカロンがバージョンアップによって、測定をパスできるようになってしまう。つまりは、研究目的が現実的に達成されないことになる」

「そういうことになるかと」

「悲観的だね」

「先生の研究情報がどこかで漏れた、という可能性はありませんか？」

「それはあるかもしれない。しかし、それよりも、私と同じ発想を持って、データを分析した人がどこかにいたかもしれない。そして、ほとんど同じ結果に行き着いた。いや、向こうの方が少しさきだった。それで、ウォーカロンの思考回路にパッチを当てたわけだ。それが、あの子ってことかな……」

「困ったことになりましたね」ウグイが腕組みをした。「どうしたら良いでしょう？」

「私が？　それとも君たちが？」

「私たちは、なにもできません。この件に関して、詳細情報を手に入れるだけです」

「私も、特にできることはないね。未処理のデータを分析するだけだ。とりあえず、数日はそれしかできない」

話はそこで途切れた。ウグイが軽く頭を下げ、出ていこうとしたので、それを引き止めた。

「何ですか？」彼女がこちらへ戻ってくる。

「今日の女の子だけれど、以前に顔を見たことがあるんだ」

「どこでですか？」

ウグイにモニタで映像を見せた。静止画も動画もある。それらはメモリィに残っていたものだ。実は、数日まえにアクセスしたときには、既にネット上からそれらは消えていた。そのときは、ただ不思議に思っただけだが、まさか本人が現れるとは思ってもみなかった。

「たしかに似ていますね」映像を見てウグイは言った。「でも、これくらい似ている顔はあるのでは?」

その少女の映像を見つけた経緯も話した。その都合上、〈熊の生態〉の翻訳中に現れた不思議な一文にも触れなければならなかった。これも、今は再現ができないが、文章自体は残っている。ウグイはそれを読んだ。

「意味がわかりません」彼女は無表情でそう言った。

「私も意味がわからない。でも、偶然とは思えない」

「偶然でなければ、どんな可能性が考えられるでしょうか?」

「うん、まあ、誰かが意図的にメッセージを私に送った、ということだね」

「でも、意味がわからないのでは、メッセージとして機能しません」

「今はね」

「将来、役に立つと?」

「わからないけれど。ただ、事前にあの子のことも知らせてきたわけだ。なにか、重要なことがあるんじゃないかな」

「メッセージがなくても、重要性は認識できたと思いますが」

「うん。それはそのとおりだけれど」

「私に、なにかできることがあれば……」

「とにかく、あの子のことをもっと知りたい。詳しい情報を教えてほしい」
「わかりました。上司に相談します」

# 4

次の週にも、若いウォーカロンが何人か来た。また、子供ではないが、十五歳の人間が試験体として測定できることがわかった。遠方なので、測定器を持って、局員が向かった。僕はそのデータを受け取っただけだ。充分とはいえないものの、それらの結果を解析して、最初の修正報告を取りまとめた。

簡単にいえば、低年齢でも、有意な違いは見られない、すなわち、パラメータを変更する必要はない、という結果だった。ただ、一人だけが例外だった。それがあのミチルという女の子で、この子だけは、測定で不定と判定される。ちょうど境界値なのだ。

もしかしたら、ウォーカロンではないのではないか、と僕は考えた。そう考えたかった、といっても良い。与えられたデータからすれば、それが最も合理的な推論といえるものだ。ただ、一方では、ウグイが言った「最新型」という言葉が重くのしかかる。それは根拠のある情報なのだろうか。ミチルに関する報告はまだない。一週間以上経過していることから、情報収集が難航していることは容易に想像できた。

この間、僕はアリチに手紙を送った。リアルタイムでの通信はできないので、文面を送って、結果を待つしかない。セキュリティの問題があるので、踏み込んだ内容は書けなかった。順調に研究を進めている、という当たり障りのない内容だ。これに対する返事はまだ来ない。彼は生きてはいるらしいが、まだ充分に意識が戻らないのだろうか。

それから、同じようにチカサカにも手紙を送った。もらった〈熊の生態〉に対するお礼を書いた。彼からはすぐに返事がきて、気に入ってもらえて良かった。その本は、百年ほどまえに復刻されたものだ、と書いてきた。それは奥付を見れば明らかなことだったので、わざわざ書く必要のある情報とは思われなかった。ただ、彼がその本のことをしっかりと認識していることは確かだ。僕は、幻の一文については書かなかった。それは危険なように思えたからだ。

元の研究所のアカマからも手紙が来た。彼に対しては、パラメータの同定に一部修正点があるかもしれない、とまえに語っていたので、それがどうなったのかという内容だった。アカマは、低年齢に適用する必要はないのではないか、と主張した。それは、たしかにそのとおりだ。その追加実験を行っているところだ、とだけ返しておいた。

ウォーカロンの製造過程については、ネット上ではほとんど公開されていない。これは、おそらく倫理的な問題として過去に議論された結果だろう。古い文献を探してみると、最初の培養から始まって、二年半ほどで、人間の五歳児になるという。その後は、ほとんど人間と同じように自律で育てられる。もともとは、この「自律」という意味で、ウォーカロンと呼ばれるようになったのだ。

初期のウォーカロンは、外部からエネルギィの充塡《じゅうてん》を受けなければならなかったが、それは機械的にそれだけ非効率であり、また余裕のある出力で設計されていたためだ。人工細胞が躰のほとんどを占めるに至って、外部エネルギィも必要なくなった。肉体的には人間と同じだ。また、頭脳活動は人間をはるかに上回るものの、ここではエネルギィをさほど必要としない。多少、人間よりも多くを食べなければならない、というくらいではないか。おそらく一割程度の増加で充分だと思われる。消化器を最適なものに取り替えるだけで、これは簡単に解決する。

ウォーカロンは、しかし、発育の過程でも、プログラムのオプションをポスト・インストールされる。成長過程におけるばらつきを修正するためだ。わかりやすく言えば、人間の子供を躾《しつ》けるのと同じで、間違った部分を正し、優れた部分を伸ばせるような操作も行われる。このインストールは、脳細胞への磁気的および化学的な干渉によっている。これは精密な作業が要求されるので、非常に高度な設備が必要になるらしい。

このまえの話で、最新型だとウグイが言ったのは、このような追加のインストールのうち、比較的規模が大きいもののことだ。システムの根幹に関わるバージョンアップに相当する。ミチルは、つい最近、それを受けたということだろう。試験的に行われたものなのか、それとも既にそれが普及しているのかは、現在の調査の一つのポイントだと思われる。後者ならば、大きな刑事事件に発展することになるだろう。また、たとえ前者であっても、申請が必要なケースである。それが必要か必要でないか、解釈を巡って裁判になるはずだ。

僕にしてみれば、どちらでも良い話ではある。また、たとえ僕の研究が世の中の役に立たなくなったとしても、それもまあ不可抗力であり、しかたがないところだ。たとえば、同じ研究をしているライバルがいて、タッチの差で後塵《こうじん》を拝した、と思えば良いだけだ。そんなことは研究者には日常茶飯事《さはんじ》であって、一時の悔しさはあっても、それで絶望するほどの問題ではない。自分がやったことが消えてなくなるわけではないからだ。その立場が既にアドバンテージであって、いつでも新たなスタートができる。

それから、こうなったらもう命を狙われなくなるのではないか、という希望も持てた。願望かもしれない。最初は、新しい研究施設で満足していたが、いろいろ拘束されているのは事実で、しだいにその不自由を重く感じるようになっていたのだ。

ぶらりと街へ出て、ハンバーガでも食べたいと思うようになっていた。そういう夢を見るようになったくらいだ。もちろん、ウグイがハンバーガを買ってきてくれたこともある。僕が食べたいと言ったわけではない。そんな話はしていない。夢を見られたのではないかと疑ってしまったが、そのときは嬉しくて、美味《おい》しくいただいた。

僕は、賑《にぎ》やかな場所があまり好きではない。友達も少ない。それでも、街を歩いて人間を見るのは面白いということだろう。この場合、人間というのは、ウォーカロンを含んでいる。僕にとっては、人間だろうがウォーカロンだろうが、まったく無関係なのである。

これは、もしかしたら、そのとおり今の現実なのではないか、と思えてきた。自分は、両者を見分ける方法を研究しているが、こんな研究をしなければならないことが、両者の差がいかに微々たるものかを証明しているのだ。このさき、人間がどんどん減っていく。生まれないのだから、減るのは確実だ。どれだけ延命をしても、いずれは無理が生じる。今はまだ大きな問題は起こっていないけれど、どこかで重大な問題が発生して、一挙に大勢の命が絶える未来も考えられる。それは、まったく新しい病気なのか、それとも、精神的な破滅かもしれない。僕は、何度かそれを想像したことがある。同じ人格がこんなに長い時間存在することは、過去に例がない。多くの哲学者がその点について考えているはずだ。精神科の医者も、また心理学者、社会学者も議論を重ねている。答は見出せないけれど、なにか宗教的な拠《よ》り所《どころ》が必要になるのではないか、という予測はかなり多くに支持されているところだ。それは、おそらく「神」のようなものだろう。ただし、この「神」は、ただの概念ではなく、実在のテクノロジィが実現する装置になるだろう、と観測される。

そんなときに問題を複雑にしているのが、ウォーカロンの存在だ。ウォーカロンは生まれることができる。それは人間が作り出したものであり、増やすことができる。今のところ、その数を規制しようという動きはない。規制の必要があるという意見は過去にはあった。しかし、チャンスを逃した感は否めない。人間の減少を補う意味で、むしろ歓迎されているからだ。

その後は、政治的な操作だったのか、ウォーカロンの人口は、正確な数字がわからなくなった。ときどき、予測の数字を見かけることがあったものの、いずれも過去のデータから類推したもので、その数字も千差万別だった。つい最近僕が聞いた数字は、それらよりもはるかに多い。もう、そこまで増えているというのが、どうも現実のようだ。

もちろん、そういった区別が無意味だという主張もある。少数派ではない。これこそ人類存続の活路だと主張する者もいる。それに反対するのは、おそらく感情的な意見になるだろう。僕はそう感じている。もちろん、賛成派というほどでもないけれど、少なくとも排除はできない。既に生まれている者は、生きていることにはちがいないのだから。

修正報告書を提出したところで、また一段落した。同じような要求が来ることは予想できたが、あとは作業あるのみで、頭を使う問題ではない。自分は研究者として、次の一歩を踏み出さなければならない。そちらを優先したい、と思った。

しばらく、このテーマに絞って研究を進めてきたので、幾つかのテーマはストップしていた。それらをまた始めようか、それとも、まったく新しいものに手をつけようか。そんなことを考えた。

こういった時間は、傍《はた》から観れば、進捗《しんちょく》のない無駄なものに捉えられるだろう。しかし、実は研究者にとっては最も建設的な段階なのだ。

ミチルに関しては、まだ報告はなかった。ウグイはなにも言ってこない。彼女の姿を見ることもなかった。やはり、調査をするにも、報告するにも、なんらかの障害がある、機密事項ということだ。僕などが知ることはできない領域ということらしい。

どこかの小さな街で、喫茶店にでも入りたい、と考えた。そういえば、まえに住んでいたアパートの管理人スイミは、喫茶店を経営していたのだ。アルコールも出す店で、仕事から帰ったとき、何度かそこで飲んだことがあった。もうだいぶまえの話だ。あの店はまだやっているだろうか。

しかし、あそこへ戻ることはできない。チューブも通じていない。

そんなことを考えているうちに、案外ここから一人で出ていけるのではないか、と思いついた。身分証明を持っているし、出入りを禁止されているわけではないのだ。ただ、出ていかない方が良い、出るときはガードを付けるように、と推奨されているだけだ。命令ではないはず。少なくとも勤務時間以外であれば、人を拘束することは人権侵害になる。

その結論に至ったので、夕方、僕は出かけることにした。

念のために、マナミには、明日は仕事を休むと言っておいた。病気ではない。ちょっと個人的に時間を使いたい、と話した。マナミは、映画を観るのですか？ときいたが、それには答えずに別れた。

# 5

エレベータでフロアを上がっていき、情報局のロビィで、一度チェックがあった。身分証明サインで通ることができた。その後、また別のエレベータに乗った。勤務が終わって帰る人間がいるので、彼らについていけば良い、と考えていた。全員がここで生活をしているわけではない。この近くに住んでいる一般職員がいるはずだ。また、外部からここを訪ね、仕事が終わって戻る者もいるだろう。

もう一度、チェックを受ける箇所《かしょ》があり、また別のエレベータに乗り換えた。地上までずいぶん距離がある。しかし、その次は、地下一階のロビィだった。ここがこの施設のメインの玄関だ。僕は初めて見た。

ここでは意外にもチェックがなかった。受付や警備員が大勢見張っている前を歩いて、最後のエスカレータに乗った。さらに上へ上がるエスカレータもあって、そちらはヘリに乗るためのようだ。

ここへは鉄道は通じていない。地下深くにチューブが設置されているだけで、通勤などの一般的な移動には利用されない。エスカレータを上がったほかの人々は玄関の方へ進み、そこに待っているコミュータに乗り込んでいる。タクシーなのか、それとも施設の専属なのかはわからない。

僕もその列に並んで、コミュータに乗った。行き先をきかれたので、最寄りの鉄道の駅へ、と答えたところ、それでスタートした。

外の風景が、前と両サイドのモニタに映っている。まだ夜ではないが、霧が出ているようで、白っぽい闇だった。身分証明の提示を求められたので、素直に見せた。有料だから当然だろう。こういった情報が、どこかへ流れるのかもしれない。

とにかく、あまり気にしないことにした。

二十分ほどで、人工の明りが幾つか見えてきた。その頃にはすっかり夜になっていた。食事ができるところを探してもらい、店が何軒も並ぶ場所でコミュータを降りた。商店街のようだった。アーケードの先に駅があるらしい。その鉄道は、もう少し大きな街につながっている。そこが、この地方の中心地で、そこまで行けば、たとえば、まえにいた土地へも電車で帰ることができる。おそらく三時間くらいではないか。地下を走る特急だったら、もう少し早いかもしれないが、本数が少ないだろう。

小さな店に入った。賑やかな声が方々から聞こえてくる。客が多いのかと見回したが、それほどでもない。半分以上は空席だった。雰囲気を合成音で作っているようだ。隅のテーブルに着いたら、着物姿の若い女性が注文を取りにきた。滑らかな口調で、笑顔も完璧だ。おすすめを尋ねて、そのとおり注文をした。彼女が去っていくとき、床に落ちている紙切れを拾った。その仕草でウォーカロンだとわかった。彼女は、テーブルへ来るまえにそれを見たのだが、客を優先し、戻るときに拾ったのである。

アルコールがまず運ばれてきた。温かいが、僅かに炭酸の利いたものだ。僕は日頃はアルコールは飲まないが、飲めないわけでもない。良い機会だから久し振りに飲んでみようと思った。喉に通すと、そうだ、こんなふうだったな、という懐かしさがあった。それから、次々に料理の皿がテーブルに届いた。どれも、まあまあの美味しさで、ここへ来て良かった、と思った。もしかして、誰かが気づいて心配をしているかもしれない。食事が終わったら、早めに帰ろうか、とも考えた。

店に真っ白の服装の女が入ってきた。こちらを向き、目が合った。すると、さらに近づいてきて、僕のテーブルの対面の席に座った。店員が来たが、すぐに奥へ引っ込んだ。連れが来た、と勘違いをしたようだ。

「こんばんは」その女が軽く頭を下げた。整った顔立ちで、黒髪が長い。目はブルーだった。日本人には見えない。ウォーカロンではないかと直感した。

「えっと、誰かと間違えているのでは?」ときいてみた。

「ハギリ先生ですね？」

「え？　いや……」

「私は、先日お世話になったミチルの保護者です」

これには驚いた。たしかに、あの子の面影《おもかげ》がある。母親ということだろうか。否、そんなはずはない。あの子はウォーカロンなのでは？

「本当ですか？　おばあちゃんとおじいちゃんがいる、とは聞きましたが」

「では、その、おばあちゃんが、私です」

二十代に見えた。しかし、不思議ではない。それくらいの整形技術はごく普通のことだ。

「しかし、どうして、私がここにいると、わかったのですか？」

「偶然、お見かけしたので、もしかして、と思いまして」

「そうですか……」本当だろうか、と疑ったが、しかし、それ以外にどんな方法があるだろう。

店員が注文を取りにきた。彼女は、温かい飲みものを頼んだ。店員が立ち去ると、こちらへ視線を向ける。

「先生、ミチルがウォーカロンだと思われましたか？」

「それは、その、お答えできるような事項ではないかと。特に、その、こんな場所では……」

そう答えたが、彼女は首を少し傾けたまま黙っていた。

少々考え、しかたなく、話すことにした。嘘を言ってもしかたがない。

「測定結果は申し上げられませんが、私の個人的な感想では、彼女は人間だと思います」

「そうですか」微笑んだまま頷き、横を向いた。

店員が飲みものを持ってきた。それがテーブルに置かれた。

「黒い魔法をご存じですか？」彼女はきいた。

躰が一瞬痙攣《けいれん》した。息が止まり、じっと相手を見据えるしかできなかった。

何だろう？

何が起こっているのか。

この女性は何者だ？

「私が何者なのか、とお考えになった」女は優しい口調で話した。飲みものに手を伸ばし、それを口へ運び、一口飲んだ。そのカップがテーブルに戻る。その白く細い指から、僕は目が離せなかった。「でも、私が何者かは、先生には問題ではありません。それは人類にとっても問題ではない。ただ、人間はこうなるしかなかった、ということなのです」

「こうなるしかなかった？」

「子孫が消えてしまい、そして、死ねなくなった。こうなるしかなかった」

「どうしてですか？」思わずきいてしまった。

「その質問は、動機をお尋ねですか、それとも機構ですか？」

「どちらもです」

「機構については、アリチ博士が迫っていました。発想は正しい。何故なら、ほかの理由は悉く消去されたからです。ただ、発想を確かめる実験的な再現には、まだ時間がかかるでしょう。しかし、いずれは発見されます。問題は、そこがスタート地点だということ。おそらくは、微小なパラサイトでしょう。それが見つかったとしても、どうやって元に戻せば良いのか。ここが難しい。なにしろ、もう人間の細胞は昔とは違います。パラサイトが生きられる環境に戻すことが、人工的に可能かどうか。複雑な環境の再現です。短時間では無理。そこで、もし人工環境を用いるとすれば、それはもう、ウォーカロンを培養することと変わりがありません。それを人間が許容するでしょうか？　理屈を捏《こ》ねることはできても、両者の差は、科学的に同じものになります。さて、では、動機はどうかしら？　生まれなくなったこと、死ねなくなったことの動機。前者は望んだことではなかったかもしれませんが、しかし、人口を減らさなければならないという責任は感じていたはず。また、死にたくないというのも、生き物の本能。いずれも、人間の願望から生まれたものといえます。そうではありませんか？」

あまりのことに、僕は口がきけなかった。

この女性が言っていることは、本質を突いている。

なにもかも知っているような響きだった。

神ではないか、と疑った。

僕の前に、ついに神が降臨したのか。

「どうして、私がそんなことを知っているのか、とお考えですね？」

無言で頷いた。

「私は神ではありません。これは、考えればわかること。人間の頭脳は、少なくともウォーカロンよりは高機能です。お忘れにならないで。ウォーカロンの頭脳は、人間が作ったものなのですよ」

「ミチルは、本当にウォーカロンなのですか？」僕は変な質問をしてしまった。

「面白い……」彼女はそこでくすっと笑った。「面白い質問だわ。それは、先生がもうご存じのことです」

「私は、人間だと判断しました」

「そう。それが、ミチルが人間だという証拠です」

どういう意味だろう。そんな哲学的な定義しかない、というのか。

「あの、私に会ったのは、どうしてですか？　何が目的ですか？」

「一度お目にかかりたいと思っただけ。好奇心です。いけませんでした？」

「いえ、とんでもない。震えるほど光栄です。貴女の名前を教えて下さい。たぶん、有名な科学者でしょう。そうでなければ……」

「私は、ウォーカロンです」

「嘘だ。そんなはずはない」

「では、人間です。先生の判断に従いましょう」

「素晴らしい」僕は頷いた。知らないうちに身を乗り出していた。溜息をついて、姿勢を戻す。「パラサイトか……。それは、ええ、それらしいことをアリチ博士から聞いています。でも、私は専門外で、誰にこれを話して良いのかもわかりませんでした。誰にも話していません。誰か専門家に伝えて、実験をしてもらいます」

「それは、もう伝わっています。既に動き出しているので、ご安心下さい」

「そうですか、良かった……」

「先生の命を狙った組織について、私の観測を申し上げます。これは、証拠はありません。単なる推測です。先生がご存じなのは、チカサカさんから聞いたことですね？　なにか手を打ちましたか？」

「いえ……。なにも……。なんでもご存じなのですね」

「知っていることは、ごく僅かです。ウォーカロンの日本のメーカをご存じですか？」

「はい、イシカワですね」

「そこから脱走したウォーカロンが、ある集団を作りました」

「そこが私を狙っていると聞きました」

「チカサカさんなら、そう考えるだろうと予測していました。でも、それは違います。その組織は、非常に正義感が強く、社会にマイナスになる運動はしません。私は、彼らのアルゴリズムを知っているので、それがわかります。しかし、その組織に加わっていた人間が、ある野望を持ったのでしょう。その一部がまた分裂をして、別の集団と交わりました。トップは人間です。それはまちがいありません」

「どこにあるのですか?」

「日本ではありません。インドが本拠地です」

「どうすれば良いでしょうか?」

「先生の技術は、今も変わらず彼らには脅威なのです。ですから、今後も、先生は狙われることになる。充分にご注意下さい」

「そうですか、ありがとうございます」

「もうすぐ、ここに、ウグイさんがいらっしゃいます。私のことは、黙っていてね」

「え……」

「ご馳走になっても、よろしいかしら?」

「あ、ええ、もちろんです」

彼女はすっと立ち上がった。そして、店の出口の方へ歩いた。

ちょうど、ドアが開いて、ウグイが中を覗き込んだ。入れ替わりで白い女が出ていく。

ウグイは、僕の顔を見つけて、こちらへやってきた。

「先生……」それだけ言って、彼女は溜息をついた。

「悪いね、ちょっと、一人で酒を飲みたかったから」そう言いながら、女が飲んでいたカップを自分の方へ移動させた。自分の飲みもののように見せるためだ。

「理由になっていません」身を乗り出して、囁くように言った。

店員が注文を取りにきた。

「私と同じこれを、この人にも」とアルコールを頼んだ。

店員が戻って行くと、ウグイがこちらを睨み、

「私は飲みません」と言った。

## 6

酒が少し回ってきたのか、気持ちが軽くなった。対照的に、対面の椅子に座っているウグイはいつもよりも機嫌が悪そうだ。もっとも、彼女が機嫌良く見えたことはない。ただ、すぐに帰ろうとは言わなかった。食事が途中だったので、それくらいは許容するのが最低限の礼儀だと考えたのかもしれない。

「ミチルに関する調査はどんな具合?」一人で料理を食べながら、きいてみた。

「政府に関係する方の養女とのことです。どうも、それ以外はガードが固いようで」

「あの子は、名字を言わなかった。そう教えられていたんだね」

「そうかもしれません」

保護者にたった今まで会っていたんだよ、と言いたかったが、もちろん、それは思い留まった。黙っていてね、と言ったあの美しい顔がまだ鮮明だった。

「最新型だという情報はどこから？」

「それも、極秘ですが、ええ……、その、ミチルさんの家で、私が伺ったことです。その根拠をあとで確かめようと思いましたが、どこにもそんな情報はありませんでした」

「それを君に言ったのは、ミチルのおじいさんかな？」

「いえ、おばあさんです」

「あ、そう……。それは、どんな人？」

「それは言えません」

「いくつくらいの人？　外見の話」

「そうですね。上品な老婦人といった感じです。髪は白くて、素敵な方です」

「珍しいことを言うね。その人が、何故ミチルのおばあさんだとわかった？」

「彼女が、ミチルさんが、そう言いました。おばあちゃんだって。車に乗ってから、ミチルさんが、教えてくれたんです」

「なるほど……。そういうことか。どうして、ミチルの母親がいないのかな」

「いないから、養女なのではないでしょうか」

「では、何故、その素敵な老婦人が母親にならなかったのかな」

「戸籍上は、そうされているのかもしれません」

「ママと呼ばせないのはどうしてなんだろう？」

「先生、それは、その、さほど重要なこととは思えませんが」

「珍しいことを言うね。良かったら、飲んだら？」

「いいえ、けっこうです」

「ここでゆっくりしていても大丈夫な根拠は？」

「はい。この街は、ほとんど私たちの組織の内部なのです。強力な監視下にあります。最寄りの駅なので、歴史的な経緯でそうなりました。もちろん、店の外に、二十人ほど私服のガードがいます。また、ハギリ先生が現れるならば、ここではなく、チューブの先だろう、と相手は予測しているはずです。まさか、タクシーで出かけられるとは考えてもいないでしょう。私たちも意外でした。今後は、このようなことがないように、強くお願いいたします」

「酔っ払っていて、君が言ったことがよくわからなかった」

「もう一度言いましょうか？」

「いや、その必要はない。だいたいは、わかった」

「だいたいでは困ります」

「私を狙っているのは、どこだと考えているのかな?」

「調査中です」

「どこを調査している?」

「それは……、可能性がありそうなところ、すべてです」

「たとえば?」

「ただ、そういった組織の内部情報を調べても、すぐに明らかになるような問題ではありません。組織は、ごく小さいと思われます。誰かが依頼して、実働部隊はまた別です。雇われているだけかもしれません」

「それにしては、情報入手と処理が速くないかな」

「ええ、それはいえます。その部分は、大きな組織が情報を流している。支援をしていると考えるのが順当かと思われます」

「もう測定システムも完成したことだし、そろそろ自由になれるんじゃないかなって、期待しているんだけれど」

「いずれは、そうなるかと」

「ところで、君の局は国家の中央機関だ。どうして、私を支援するのだろう?」

「優秀な頭脳が危険に晒《さら》されているのを放っておくことはありえません」

「警察だったら守ってくれるかもしれない。でも、今の私は、守られている以上の待遇《たいぐう》を受けているようだ」

「何故？」

「先生の研究成果が、国家にとって有益だからです」

「それは……、測定システムは世界中に需要がありますから」

「輸出して、経済的に潤《うるお》うと？」

「はい」

「そんなのは、微々たる額だ。しかも、もともと、私は公務員なんだから」

「私の認識はここまでです。深い事情というものを知る立場にありません」

「考えてごらん。計算できるだろう？　どれだけの利益がある？　大した額じゃない。これまでに私が使った研究費を取り戻すのがやっとだと思う。たしかに、それだけ支出したのだから、取り戻さないといけない。でも、それだけのために、君たち情報局がここまで関わるのは、どうなのかな？」

「私は、与えられた任務を遂行するだけです」

「命を懸けて？」

「はい」

「命の方がずっと大事だ。これは命を懸けるような事案ではない。私が死んだら、日本が滅亡するというわけではない。たとえ、日本が滅亡するとしても、それは君の命と天秤《てんびん》にかけられるものではない」

「お言葉ですが、私のような仕事では、そのリスクは覚悟の上です。先生が何をおっしゃろうとしているのか……、想像ですが、それはとても、その、お気持ちはありがたいことだと思います。でも、先生が研究に打ち込むのと、同じなのではありませんか？　先生は、何故、研究をなさっているのですか？　命を狙われるようなことならば、手を引くのがよろしいのでは？　どうしてそうなさらないのですか？」

「うん、人間らしい」僕は頷いた。「感情の高まりがわかる、良い切り返しだ。そう言われれば、たしかにそうだ。何故、私はそうしないんだろうね」

「お考えになったことがあるのでは？」

「ない……。考えもしなかった。その手があったか、と今思ったよ。まず、私が研究を放り出しても、その状況が相手に正確に伝わらないだろう。きっと、隠れてやっているにちがいないって思う」

「それは、そのとおりです。情報を流しても、信じなければ効果がありません」

「それから、なんていうのか、研究をすることが、私にはもう、生きていくことと同値なんだ。これをやめるなんて選択はないんだよ。うん、そうだね、呼吸をしているようなものだ」

「わかります。私の場合もそれに近いと感じます」

「ふうん、そんなものかな。君はまだ若いだろう。いくらでもほかの道があるんじゃないか。そんな危ない仕事は、人間がしなくても良い」

「ウォーカロンに任せれば良いと?」

「うん。まあ、そうだ。古い考えかもしれないが、私はそう思ってしまう」

「研究者はどうですか? ウォーカロンの頭脳の方が優秀だと思います。お任せになった方がよろしいのでは?」

「それは、いささか誤解があるなぁ」僕はグラスを手に取った。しかし、もう中身がなかった。

ウグイが店員を呼んで、僕の飲みものを追加注文してくれた。

「私は、ウォッカのカクテルを……。何がありますか?」ウグイが店員にきいた。

店員が滑らかにメニューを順に告げ、その三つめで、ウグイが、「それを」と注文した。店員が戻っていった。飲む気になったようだ。そのことについては黙っていた。これは、嗜《たしな》みというものだろう。

「どうぞ、続きを」ウグイが言った。

「何の話だったか、忘れてしまった」

「いささか誤解がある、とおっしゃいました」

「やっぱり、君の方が頭脳年齢が五十年くらい若いな」

「そういう褒め方は、この頃はあまり通じません」

「うん。えっと、そうそう、研究をウォーカロンに任せるのは、まだ、無理があるんだ。これは、原因がいくつか指摘されているが、これだという原理には至っていない。脳科学の最先端課題の一つでもある」

「でも、有名な研究をウォーカロンが成し遂げたというニュースが幾つかありましたが」

「珍しいことだからニュースになる。しかも、どちらかというと地道な実験や調査を行うような分野ばかりだ。計算と解析、つまりは処理の正確さと精密さだけが問われるものであれば、彼らは人間よりも優秀だ。コンピュータの系列なんだから、当然だ」

「何が不得意なのですか?」

「うん、まあ、簡単にいえば、インスピレーションだね」

店員が僕のアルコールと、彼女のカクテルを持ってきた。そこで、グラスを持ち上げて、儀礼的な挨拶を交わした。これはどうしてこんなことをするのか、僕は知らない。たぶん、誰も知らないのではないか。

「で、えっと、何の話だったかな」

「インスピレーション。ええ、それは、わからないでもありません」ウグイはグラスに口をつけて、小さく溜息をついた。表情はまったく変わらない。「でも、そんなものが本当に存在するのでしょうか？　なんとなく、そう思っているだけで、つまり、人間が抱いている幻想なのではないか、という気もします。私には、それくらい未知な領域ですね」

「その観測は、ある意味、正しい。それは、誰もが抱いている不安でもある。人間にしかできないものだ、という最後の砦《とりで》というべきものだが、その実態は深い霧の中。けれども、もし、こういった回路で、こういったシステムでそれが成されている、つまり、ここが人間に特有の部位だ、と特定ができれば、それは即座に人工知能にも、もちろんウォーカロンにも適用されるだろう。そうなったら、結果として、人間という存在が消えてしまうかもしれない」

「消えてしまうわけではないと思います。ウォーカロンと同化すれば良いのではないでしょうか。差がなくなってしまうというのは、そういう意味かと」

「私も、それに賛成だ。しかし、多くの人間は、特に古いタイプの人間はそうは思っていない。しかもだ、今の世の中、新しい人間なんていない。古い人間ばかりになってしまった」

「私も先生も、比較的新しい人間なのですね」

「そう、それは言えると思う。最近ずっと、平均年齢の統計値が公開されていないけれど、たぶん、五十年まえの統計の数値に五十を単純に加えたものになるだろうね」

「では、百九十くらいになるのではないでしょうか」

「知っているかな。平均寿命が七十か八十くらいのときに、高齢化社会という言葉があったんだよ」

「知っています」ウグイは頷いた。カクテルをかき回している。

「まあ、それくらい、人間の頭は古いままってことだ。したがって、人間とウォーカロンを区別する。絶対に区別が必要だ、と考えている。私の研究に国の予算がつくのも、この古い価値観からだ。ありがたいことにね」

「逆に言えば、先生の研究は、両者の差を明らかにすることですから、その差をなくすためにも必要な知見なのでは？」

ウグイの口から、それが出たことに僕は驚いた。グラスの液体を全部喉に流し込んでから、椅子の背にもたれて上を見た。

「君は優秀だ」

「え、どうしてですか？」

「実は、私は、それを考えていた、まえからだけれど……。ここで酒を飲んでいる間に、確信に変わった。さっきまで、そこに、君が座っているその椅子に、凄い美人がいたんだよ」

「誰ですか？」

「さあ……、誰だろう。誰にでも声をかけるのが仕事みたいだった」僕は嘘をついた。

「私が入ってきたときに出ていった人ですね？」

「そうだったかな」

「そういう仕事のウォーカロンです。警察が取り締まっているはずです」

「というか、そういう方面に興味を持っている若い男性が、もういないんじゃないかな」

「そう言っていました？　先生、誘われたのですか？」

「やめよう、その話は」僕は片手を広げた。

「失礼しました」ウグイが頭を下げた。

「急に、変なことを言いだして、すまなかった。ただ、彼女が来たときに、私はそれを考えていたんだ。私が命を狙われるのは、測定システムが完成して、ウォーカロンが識別されるのを怖れてのことではなくて、その逆ではないか、という可能性だ。つまり、この技術は、よりいっそうウォーカロンを人間に近づけるノウハウとも考えられる。それが気に入らないのは、誰か？」

「頭の古い人間たちですか？」

「そうなる」僕は頷いた。「そういった勢力は、どこにいるだろう？」

「わかりませんが、いわゆる保守派ですね」

「過激な組織があるんじゃないかな？　情報局なら把握しているはずだ」

「今の話は、シモダに伝えてもよろしいでしょうか？」

「うん、かまわない。今までは、そちらは調べていなかったということだね?」

「そうだと思います」

「逆に、私がウォーカロン業界に接近したら、面白いことになるんじゃないかな」

「面白いことというのは?」

「慌てるだろうな。だから、出てくると思う」

「危険ですね」

「でも、そこで押さえられる」

「いいえ、感心できる作戦ではありません」ウグイは首をふった。

## 7

帰るときには、かなり酔っていた、おそらく半世紀振りではないかと思う。ウグイはまったく変化がない。彼女は相当強そうだ。二人で、コミュータで帰った。警官の護衛があったようだが、僕はよく覚えていない。

自分の部屋に戻って、シャワーを浴び、冷たいものを飲んだところで、ようやく醒めてきた。このまま寝られると思っていたのだが、逆に目が冴《さ》えてしまった。

とにかく、あの謎の女性の印象が強烈だった。ネットで検索をするため、顔の記憶で少しずつ近づけていったのだが、これといった人物には行き当たらない。もっとも、あまりにも整いすぎている。モデルかマネキンのようでもある。ウグイが言ったように、ウォーカロンだろうか。たしかに、自分でそう言った。

だが、僕自身の判定では、彼女はウォーカロンではない。もしそうだとしても、明らかに最新型だ。ミチルともよく似ていた。母娘だといえるほどだ。もう一度会いたい、という気持ちが強い。どうすれば会えるのだろうか。

ウグイに協力を要請すれば事は簡単だろう。なにしろ、彼女は、ミチルを迎えにいったのだから、あの女性の家を知っているのだ。だが、当人から秘密にしておくようにと頼まれてしまった。

とても一般人とは思えなかった。あまりにも僕の周辺のことを知りすぎている。まるで監視されているみたいだ。たとえば、あの幻の一文のこと、チカサカから聞いた情報も、すべて筒抜けだった。そういった立場にある、ということだろう。だとすれば、情報局と関係が深いはずだ。つまり、この組織の中枢にいる人物なのではないか。

だが、もしそうだとすれば、なにも僕にあんな情報を漏らさなくても、組織を動かして調査をすれば良い。僕に注意しろと言う以前に、安全を確保する、暗殺者を摘発する、そういったことを進められるはずである。

情報は得ていても、この組織を動かす立場にはない、ということになる。それから、アリチが言っていた仮説に関しても、深く理解しているようだった。彼女の目的はどこにあるのか。何故、僕に会ったのだろうか。

いろいろな情報が、どれも断片でしかない。そこから、全体像を見ようとしているのだが、新しい視点が現れるごとに、様相が一変してしまう。落ち着かないことだ、と溜息が出る。

ウグイとの議論も、たぶん、僕の気持ちの深い部分でずっと燻《くすぶ》っている問題だった。核心に近いテーマだ。簡単にいえば、ウォーカロンを認めるのか、という人間としての立場だろう。理屈ではもちろん、僕はそれを認めようとしている。科学的に両者には差がなくなるからだ。自分が長く行ってきた研究は、その差を定量化するもので、定量化ができれば、その最後のギャップを埋めることができるかもしれない。

そこの部分は、実はまだ迷っている。自分の研究が完璧だなんて信じていない。なにか新しい未知が現れるのではないか。それによって、結局は振り出しに戻る事態に陥る可能性だってある。結局、まだ差がある。区別ができないまでも、同一ではない、と証明できるかもしれない。おそらく、大勢の科学者がそんな論文を提出するだろう。それらを、また何十年もかかって潰していくことになるのか。

自分の研究人生が、永遠に上り続ける螺旋階段《らせんかいだん》のように思えてきた。

これまで、あまり迷ったことはなかった。目の前の課題にチャレンジするだけで、自然に時間が流れていたように思える。それが、やはり、あの爆発の日から変わってしまった。

研究課題とは切り離して、人間というもの、否、生き物について、じっくりと考える必要があるのだろうか。しかし、一人でいくら悩んでも、結論が出るとは思えない。人類は、その課題を先送りにしたまま、ここまで来てしまったのだ。

ウォーカロンだけの問題ならば、おそらくもっと早い時期に制限が規定されたことだろう、と僕は考えている。そうさせなかったのは、つまり人間の子供が生まれなくなったからだ。これには、人工細胞が影響しているので、ウォーカロンの生産にも密接に関連している。

だが、もしかして、ウォーカロンを増やすために、この操作が行われたという可能性はないだろうか？

その発想は、驚くべき陰謀を示唆《しさ》するものだ。

まさか、そんなことが……。

しばらく、その可能性について考えた。考えれば考えるほど、可能性が低くない、と思えてくる。それを否定するものは、そんな大それたことを人間がするだろうか、という感情論でしかない。

つまり、問題の原因を知った者がいて、それを悪用した、ということだ。

人類を滅ぼそうとしたのか。

もし、それで利益が得られるとしたら、人間の延命技術を商品として売っている者、あるいは、ウォーカロンの生産量を増やしたい者、そのいずれかだろう。たしかにいずれも、国家的ともいえる莫大《ばくだい》な富が得られる分野だ。

金儲けのために、そんな悪事を働いたのか。ありえないことではない。自分は、いつまでも生きられるのだから、生きているうちの幸福を摑めれば、それが充分な目的になる。その思想は、不道徳ではあるけれど、理屈として間違っているわけではない。

おそらく、また元に戻せる、と考えているのだろう。子供が生まれない原因が明確に把握されているならば、それを復元することも可能だ。

なるほど……。

ならば、その技術も既に確立しているのではないか。

世界のどこかで、一部の集団で、普通に子供が生まれているのかもしれない。

となると……。

もしかして、ミチルは、人間なのではないか。

カモフラージュで、ウォーカロンと言ったのでは？

仮にそうだとしたら、その本物の子供を隠し持っている集団は、ウォーカロンを見分ける測定システムを怖れるだろう。僕が狙われるのはそのためか。子供の測定で誤差が出たことは、あるいは、その結果だったかもしれない。

待てよ……。

しかし、もしそうだとすると、僕の前に現れた、あの女性はどうなるのか。その集団なのか。否、その結論は飛躍している。ミチルが人間だというのは、単なる僕の個人的な推測にすぎない。

先日行われたミチルの測定データを、僕は既に何度も、詳しく検討していた。測定システムに従えば、ミチルはウォーカロンかもしれない。その場合、僕の勘とは反対だった。

アリチが殺されかけた理由も、この仮説の中では合理的に説明ができるだろう。その集団にとっては、人類が子供を産む仕組みは独占しなければならない技術なのだ。それを知ったアリチが襲われた。あるいは、アリチはその集団の一員だったのかもしれない。良心の呵責《かしゃく》からそこを抜け出そうとした。自分がいずれ殺されることを知っていたから、僕に情報を漏らしたのだ。

また、チカサカについても、だいたい立場が定まってくる。彼はその集団に半身を置いて、こちらのスパイをしているようなことを語ったが、やはりアリチと同じように、その集団を怖れ始めているのだ。だから、あんな行動に出たのではないか。

さらに……。僕の前に現れた謎の女性も、それと同じ立場だったのでは。

自分たちが行っていることの、あまりの非情さに、離反者が出ているのではないか。

どうも、その中央に君臨するのは、人間ではない思考回路のように感じられた。感情がないとか冷酷だとか、そんな意味ではない。何十億人という人類を一度消滅させようとしている、その徹底振りが人間らしくない。人類をリセットしようとしているように思える。もし、そこに感情的なものがあるとしたら、憎悪だろうか。

生殖が完全にコントロールできるものなのか。

彼女は、パラサイトと言った。

まずは、その専門家に相談をした方が良い。

そして、自分に何ができるのかを考えよう。

これがもし、現在本当に起こっていることだとしたら、黙っているわけにはいかない。

ウグイにも話した方が良いだろうか。

どこまで信頼ができるだろう。

このニュークリアの情報局が、あるいは一部が、その集団に属していないという保証はない。

ミチルを連れてきたのは、ウグイではないか……。

僕は守られているけれど、世間と遮断《しゃだん》されている。ある意味では、社会的に抹殺されていることと同じだ。本当に僕の技術は外部に出ていったのだろうか。

あまりに恐ろしくなって、僕は起き上がった。

そして、ネットで検索を始めた。

このネットが見せるものは、本当に現実の世界なのだろうか。
正しい情報だろうか。
疑えば、どこまでも疑わしい。

# 第4章　展望の機関　Observational engine

床が崩れおちたあとの窪みに、いくつかの動物の姿が現われた。カラスの頭、猿たちのミイラ化した手。すこし離れて、身動きはしないが、まだ生きているらしいロバが立っている。すくなくともそれだけはまだ崩壊をはじめていない。枯草のように乾ききった、棒ぎれを思わせる白骨が靴の下で砕けるのを感じながら、彼はそちらへ歩きだした。

## 1

慣れない酒を飲んだせいかもしれないが、腹を壊して、次の日には寝込んだ。心配をしたマナミが医者を呼んだため、夕方に診察を受けた。熱が少しあるようだったが、安静にしていれば大丈夫だと言われた。それは言われなくてもわかっていた。

この医者も、ウォーカロンなのではないか、と僕は疑った。薬をもらったら、こっそり捨てて、飲まないことにしようと決めていたが、幸い薬も注射もなかった。そろそろ消化器を換えた方が良いですよ、なんて言った。デリカシィに欠ける物言いだ。

朝も昼も食べなかったので空腹だった。空腹だと調子が良くなるものだ。夜は、消化に良さそうなものを選んで食べた。

ウグイが見舞いにやってきた。単なる見舞いではなく、二つの用件があった。一つは、ミチルの家の情報で、保護者である祖父と祖母の名前と顔写真を見せてくれた。いずれも心当たりはない。ごく普通の家庭らしいが、祖父は安全保障省のかなり高い位の現役だそうだ。情報が遅れたのはそのためだという。二人には娘がいたが、事故で亡くなった。このため、その娘の遺伝子から、ウォーカロンを特別に注文した。また、特例として、低年齢のうちに引き渡された。教育を自宅で行うこと。その教育に、メーカのサポートが付くこと、などが条件だったという。今も、家庭教師の名目で三人が派遣されているし、その費用もすべて個人で支出している。実験ではない。国はなにも関与していない、とウグイは説明した。

その話を聞きながら、これは真実だろうか、と僕は思った。では、僕に会いにきたあの女性は何者なのか。ミチルの保護者だと言った。嘘だったのか。どちらが嘘だろう。

どちらも怪《あや》しく思えてしまう。しかし、もし嘘だとしたら、ウグイが持ってきた情報の方が、その可能性が高い。外に出したくない機密が含まれていれば、当然事実は歪《ゆが》められる。僕一人を納得させるだけで良い。一方、あの女性が嘘を言ったのだとしたら、少し不思議だ。嘘なら、何故ミチルのことを知っているのか。調べればすぐにわかるかもしれないような嘘をつくだろうか。否、ウグイが持ってきた情報が真実で、調べればすぐにわかる嘘だとわかったのが、たった今かもしれない。しかし、あの時点で、まだその嘘が通じると考えたのは、つまり、まだ僕がそれを知らないことを知っていたのだ。これは、かなりの内部情報だと思われる。

いずれかといえば、あの女性の方が真実を語ったと考える方が妥当だろう。

ウグイのもう一つの用件は、僕に会いたがっている台湾の生物学者がいる、というものだった。国際会議が日本で開催され、来日しているらしい。向こうから元の職場に連絡があり、それが各所を経由してここへ来た。どうするか、という内容だった。

名前はリョウ・イウン。僕はその名を知らない。もし会うとしたら、ここへ連れてくるのか、とウグイに尋ねると、それが最も安全ではあるが、どこかで落ち合うことも可能だという。リョウは、今サッポロにいるらしい。それなら、チューブで移動が簡単だ。逆に、向こうがこちらへ来る場合、チューブには乗せられない。外国人には、その存在さえ知られていない乗り物だからだ。

結局、出向くことになり、日程は明後日と決まった。

その人物については、次の日に調べた。アリチとの共著がある。親しかったのだろう。年齢としては、アリチよりも若い。僕と同じくらいだった。アリチについては、その後、容態の変化の情報は届いていない。

体調も戻った。その日の朝から出かけることになったが、僕にはいつものとおりウグイが同行する。それ以外にも、十五名ほどがガードにつく、とのことだった。いずれも前日に現地へ向かい、安全確認をしているらしい。

僕は、変装をすることになった。長い茶色の髪を付け、鬚も生やした。カメラの監視を困難にするため、サングラスもかける。これは、目の虹彩《こうさい》をカメラで確認させないためのものだと聞いた。ちなみに、僕の目は両方ともオリジナルだ。この頃、だいぶ霞《かす》むようになってきたけれど、レーザ治療だけで凌《しの》いでいる。

博物館での騒動が過去にあったので、そうした対策を練ったらしい。でも、十五人もガードがいたら、それだけで怪しまれるのではないかと思えた。

もっとも、僕の測定システムは既に世に出ている。そこが以前とは条件が違う。もう僕を狙う意味がなくなった、ということになってくれたら嬉しいのだが。

リョウ博士が僕に会いたい理由は何だろう。そのメッセージは届いていない。アリチ博士のことで尋ねたいのかもしれない。情報局はそのように判断しているようだった。

僕は、パラサイトの件で尋ねたかった。彼が知っているかどうかはわからない。もし知っていたら、彼も命を狙われる可能性がある。まだ、そうなっていないのは、やはり知らないということだろうか。

国会議事堂の見学にリョウ博士がやってきて、その途中で、別室へ案内する手筈《てはず》になっていた。彼には、議事堂の見学に来てくれればコンタクトをする、とだけ伝えたらしい。慎重な計画だ。

チューブで移動をした。地下深くを走っている感覚はなく、むしろ空を飛んでいるように錯覚できる。チューブ内壁はモニタになっていて、実際に空の光景を出すこともできる。海中を進む光景にも切り換えられる。こんな明るい空も海も今どき珍しい、まるでポストカードのような作り物だ。

隣の博物館にいるはずのチカサカにもう一度会いたいと思ったが、それはウグイに却下された。彼女は、チカサカを信じていないのだろう。

無事に目的地に到着し、窓のない小部屋に案内された。ウグイと二人でそこでしばらく待つ予定だったが、到着したら、リョウの方が早かったようで、一人で椅子に座っていた。

「お待たせしましたか？」

「いえ、今来たところです。少し早すぎました」リョウは言った。彼が話したのは英語だった。ウグイは僕を一瞥し、頭を下げて部屋から出ていった。リョウは、ウグイのことを尋ねなかった。

「アリチ博士と最後に一緒だったのが、ハギリ先生だと聞きました」リョウは言った。

「最後というのは不適切です。アリチ博士は亡くなったわけではありません」

「ええ、そうでした」リョウは軽く苦笑した。「受精に関わる寄生生命体の話を聞かれましたか？」

「はい」と頷いたが、彼の言葉はより具体的だと感じた。「専門外の私に何故話されたのかわからなかったので、その後、誰にも相談ができませんでした」

「誰にも話していないのですか？　日本の情報局は既に知っているのでは？」

「私は話していません。情報局が知っているかどうか、私にはわかりません」

「私は、表向きは別のテーマで研究をしていますが、秘密裏にその実験を続けています」

「実証できるのですか？」

「再現は可能です」

「マウスで？」

「そうです。人間では実験はできません。違法になります」

「結果を発表しないのですか？　それが本当ならば、人類の危機を救うことができます」

「いえ、そんな簡単にはいきません」

「なにか障害が？」

「幾つもあります。現在生きている人間は、ほとんどウォーカロンのようなものです。生まれながらの細胞だけで生きている人はほとんどいません」

「そこに、その問題のパラサイトを入れてやるだけでは、駄目なのですか？」

「駄目です。たちまち消えてしまいます。マウスの場合は、冷凍された古い種がまだ残っている。現在の新しいマウスでは、実験は成功しません。再現できないのです」

たしか、人間でも冷凍保存されているものがある。ただ、それを試験体に使うわけにはいかないだろう。

「パラサイトが生きるために、何が必要なのですか？」

「それが……、単純ではありません。最終的に働くのは一つのパラサイトなのですが、それを生かす別のパラサイトがあって、そのために、さらに犠牲になるパラサイトが存在します。わかっているだけで六種あります。それで、それらをすべて注入すると、綺麗な環境下では、たちまち癌細胞が生まれます。生殖どころか、個体の生命維持が難しくなります。これをいかに防ぎつつ、生殖を復活させるかが課題になります」

「つまり、産むか、それとも病死か、という選択ですか？　それでは、二世紀もまえに逆戻りですね」

「そのとおり。人類は、というよりも生物医学は、道を間違えたのです。そこまで戻らなければ、元どおりにはできない、というのが現時点の結論だと私は考えています」

「でも、そういった究極の選択というのは、ほかにいくらでもあったはずです。そのつど科学はそれを乗り越えてきました。機構が充分に解明できれば、必ず活路があるはずです」

「それも、ええ、正しいと思いますが、ただ、時間がかかりますね。その猶予《ゆうよ》があるか、ということです。若い人間を保存しているわけではない。オリジナルの細胞はほとんど死減しているといっても良いでしょう。これから、時間が経てば経つほど、後戻りは難しくなります。特に、今生きている人たちの子孫を作ることは不可能です。この現実を、大衆は受け入れるでしょうか?」

「うーん、個人が受け入れるかどうかの問題ではないと思います。科学者は、自分にできることをするしかありません。それが人類のためになると信じる道を選ぶしかないでしょう」

僕は、その自分の言葉を頭の中で反芻《はんすう》していた。本当にそうだろうか。人類のためといって、その人類とは何を示しているのだろうか。大勢の大衆なのか、それとも一部の限られた人間なのか。

「とりあえず、どうしたら良いでしょう? アリチ博士があんなことになって、私は不安なんです」リョウが顔をしかめた。

「お気持ちはわかります。安易に情報を公開したら、先生の身に危険が及ぶかもしれませんからね」

「誰が、これを阻止しようとしていると思いますか? 人間ではありませんよね。人間ならば、望まない者はいないはずです。そこが、私は恐い。つまり、彼らが、人間に替わって社会を支配しようとしている、そうとしか考えられないのですが……」

「ほかにも、この研究をされている方がいますか?」

「ばらばらですが、数名を知っています。いずれも、隠れて実験をしています。何故か、いろいろな形で妨害や弾圧を受けているからです。どうして、隠れなければならないのか、そこがみんな不満なんです」

「パラサイトは、妨害するものだ、邪魔なものだ、という考え方が主流です。我々がパラサイトによって生かされていたとあっては、人間の尊厳に関わる、ということでしょうか」

「すべてが明らかになったときには、一気に公開しよう、とお互いに励《はげ》まし合ってはいるのですが……」

「決定的なノウハウが得られて、それが伝達できるレベルにならないと、公開はできませんね。未完成のうちに公開したら、潰されてしまう」

「ハギリ先生も、狙われたのですね」

「どこで、その情報を？」

「いえ、単なる想像です。でも、職場を突然変わられたし、所在が不明になっているし、きっとそうにちがいないと皆が話していました。なかには、先生はもう亡くなっていると言っている人もいました。でも、例の測定システムが完成したという情報が入りました」

「それで、私がまだ生きていると？」

「ええ、そうです」リョウは微笑んだ。しかし、再び眉を顰める。「あれも、測定を怖れているのは、人間ではありません。同じ道理です」

「単純に考えれば、そうなのですが……」

「単純ではないのですか？」

「いえ、まだ、わかりません」

「いずれ、なんらかの組織というか、連係を取らなければならなくなります。そのときには、先生にも是非加わっていただきたい。そのことをお伝えするために、今日は来ました」

「わかりました。できることはしたいと思います」

「人類のために」リョウは片手を差し出した。

　僕は、その最後の言葉に違和感を持ったが、しかし握手はした。人それぞれに、感情的なものは違っている。違っていても良い。研究だって、それぞれに目的は微妙にずれていることが多い。それでも、だいたい同じ方向ならば協力をし合う。その柔軟性が、組織というものの要《かなめ》だし、人間が群れを作るための基本的な能力だとも思える。

## 2

　リョウは別れ際に、明日は学会の見学会が企画されていて、この地方にあるウォーカロンの研究施設へ行く、と話した。そんなものがあるとは知らなかったので、僕は驚いた。製造工場ではなく、それに付随する開発・研究施設だという。

「ハギリ先生もいかがですか、一緒にいらっしゃいませんか」と誘われた。

「何人くらいで行くのですか？」

「二十人くらいですね。バスで行きます。余裕はあると思いますよ」

「ちょっと、相談してみます」

「誰にですか？」

「上司に」

「わかりました。ご連絡下さい」

リョウは部屋から出ていった。入れ替わりにウグイが入ってきた。

「話を聞いていた？」

「いいえ。どんなお話だったでしょう？」

部屋を盗聴していたとは思えないが、しかし、していてもおかしくない。もしそうならば、この大事な事態を情報局に説明する手間が省《はぶ》けるだけだ。僕は、ウグイにウォーカロンの研究施設への見学の話をした。ウグイは、その施設のことを知らなかった。そんな危険は冒せないと言うかと思ったが、調べてみます、とのことだった。

すぐにニュークリアに戻るものだと考えていたが、ジンバという人物が僕に会いたがっているので時間をもらえないか、とウグイは言った。その間に研究施設の見学については情報を収集する、ともつけ加えた。

ジンバは、インド人で世界委員だそうだ。たまたま来日していたが、事前に連絡があって、機会があれば会見したいという打診があったらしい。急に言われるのはやや心外だが、おそらく内密に物事を進めるための手法なのだろう。

同じ部屋で待っていると、ジンバが現れた。満面の笑みで挨拶をする。僕も頭を下げた。白い帽子を被っていて、上着は銀色だった。派手なファッションといえるだろうか。もちろん、年齢は不詳だが、世界委員が若いはずはない。

椅子に向き合って座った。二人だけだ。英語で話すことになった。翻訳機を使うよりは安全だろう。機械を通せば記録が残り、どこへ漏れるかわからない。もっとも、彼は会話を記録しているかもしれないので、安全など、そもそも完全ではない。

「識別システムが完成して、私の国へも一台届いた。評判が良い。画期的だと思います」とジンバは切り出した。その話だとは思っていた。「なるべく早く、そして沢山の装置、あるいは使用権を切望しています」

「そんなに差し迫った需要があるのでしょうか？」僕は尋ねた。

「国内では、身分証明サインの更新を二年に一度実施します。そこにこの測定を適用しようと働きかけているのです」

「国民全員が対象ですか？」

「もちろんです。ただ、実際には、希望者ですね。更新しなければ罰則があるというものではないので。それでも、アイデンティティを売り込みたい人には重要なのです」

「それは、人権に関わる問題だと思いますが……」

「歴史的に、階級というものに秩序の信頼を置く者が多い事情があります。特に、上流階級では血統を保とうという動きがあって……」

「血統？　でも、子供は生まれないのですから……」

「そうなんです。そう思います。ただ、一部には、まだ子供が生まれているらしい。そういう噂が流れています。実態は摑めていませんが……」

「どこにでも、そういった噂はあるようです。宗教団体とかが流している場合がほとんどです。非科学的なもので、詐欺的な行為かと……」

「はい、承知しています。先生の力で、なにとぞ、その、測定装置の配備を優先してもらいたいのです。あの、研究に対する助成も、僅かながらですがさせていただきます。まだまだ、今後の発展があるのでしょう？」

「そうですね。でも、ほとんどは完成していますが……」

「そうなんですか。それはますます頼もしい」

「ただ、その、システムを生産したり、展開したりという業務には、私は関わっていません。議論にも加わったことがありません。ただ、開発をしたというだけなんです。お力にはなれないと思います」

「いえいえ、これからですよ。おそらく世界政府でも、普及のための委員会を立ち上げることになります。そのときには、先生に委員になっていただきます。私が申し上げているのは、そのときの話なのです。将来の展望に、少し、私たちの事情をお含みいただければ幸いです」

「そんなことになるんでしょうか……」考えたこともなかった。

握手をして別れた。ジンバは、綺麗な白い前歯を見せて笑った。人間には見えなかったが、あれだけのことを言ったのだから、人間なのだろう。

しばらく一人でネットのニュースを眺めていた。途中で、知らない係員が入ってきて、なにか飲まれますか、と尋ねたので、コーヒーを頼んだ。そんなサービスがあるとは知らなかった。

ウグイが現れて、明日の見学会に参加できることがわかった。それは嬉しいニュースだった。

「威嚇が和《やわ》らいだ、と分析しているわけだね?」ときいてみると、

「それもありますが、もともと万全のセキュリティで企画されているイベントなのです。要人も多いことですし」

「そういうことか。となると、今日は、ここに泊るのかな? それとも、やっぱり帰る?」

「帰ります」ウグイは即答した。

温泉旅館にまた泊りたいものだ、と口から出そうになったが、我慢をした。帰りのチューブでは、なにも考えずに熟睡した。

部屋に戻り、まずマナミと研究の打合わせをした。細々とした追加実験、追加解析がまだ続いている。大きく影響しそうな結果は出ないだろうが、こういった細部をきっちりと仕上げておくことが、実はのちのち利いてくる。

そのあとは、勤務時間外だったが、個人的な調べものをした。途中で食事をとったが、部屋に食べものを持ち込んで、モニタに向かい続けた。今日会ったリョウの話から類推される論文を当たってみた。専門外とはいえ、読めばそれなりにわかってくる。この頃、この分野の知識量も増えたので、もしかしたらもう専門外ではないかもしれない。

パラサイトが生きるために必要な別のパラサイトというのも、重要な情報だった。それに関する論文は非常に多い。

一般的には、パラサイトは母体には不要なものだ。もちろん、共生というものは数多い。お互いに利があってその形態になる。自然淘汰でそうなったということだが、まさか、母体が死ぬこと、また生殖で新しい個体が生まれることが、パラサイトの利になるとは思えない。だから、誰もその発想をしなかった。

否、はたしてそうだろうか。

新たな生命に乗り移ることになるのだから、利があるのかもしれない。そうやって、環境をリニューアルしているのだろうか。太古の時代から、生き物のほとんどが、そのパラサイトによって受け継がれたというのか。古さを嫌うなんらかの理由があったのか。不思議な現象だが、ありえないことではない。

ただ、どうやってそれを成し遂げているのか、と考えると、頭脳への刺激がどうしても必要になる。そうとしか考えられない。我々は、ずっと支配されてきたのだ。

その支配から、人工細胞は解放されている。だから、今は自由だ。ただ、生まれ変わるという支配下の伝統も消えてしまった。

これは、理解できない物語ではない。

長く人類がこれに気づかなかったのは、支配下にあったためかもしれない。解放された新しい世代が、その支配に気づいたのだ。

そのパラサイトをまた取り込むことが、人類の子孫繁栄の決め手になる。それは科学的に難しいことではないように思われる。リョウは、まだ障害が多いと話していたが、専門家は悲観的に考えるものだ。傍から観れば、原因がわかってしまえばあとは簡単だろう、という話になる。

リョウが挙げた障害とは、既に人類の大半が歳を取ってしまったこと。また、オリジナルの古い細胞を持っている者が極めて少ないこと。この二点だ。

オリジナルの細胞は、もちろん存在する。冷凍保存されている。現に、それを使って、ウォーカロンが作られているのだ。

そうか……。

僕は、そこで恐ろしいことに気づいた。

悪寒《おかん》が全身に走った。

人間は生まれてこないが、ウォーカロンは作ることができる。生まれてくるのだ。つまり、その古い細胞でウォーカロンは作ることが可能だ。今までは、わざわざ使わなかった。病気になる可能性が高い細胞だからだ。

しかし……。

それをすれば、子供を産むことができるウォーカロンになる。

誰が、それに気づいているのか？

リョウは気づいているはずだ。だから、困難が伴うと言ったのか？

待て。

もしかして、彼は既に、それを試したのではないか。

ジンバは、子供が生まれている噂の話をしていた。偶然だろうか。

僕よりもさきに気づいた人間が何人もいるはずだ。アリチだって、おそらくそれを考えていたはず。なんらかの情報を知っていたかもしれない。だから、殺されかけたのか？

もしそうなら、殺そうとしたのは、誰だ？

人間なのか、それとも、ウォーカロンなのか。

## 3

翌朝は、少し早く目が覚めた。夢を見ていたようだが、はっきりとは思い出せない。なにか悍《おぞ》ましいものが迫ってくるような、あまり気持ちの良くない夢だったように思う。起きた瞬間に、その恐怖がすっと消えて、ただ不吉な予感だけが残った。

できるかぎり仕事を片づけてから出かけることにした。研究は、別のテーマのものも始めている。毎日しなければならないことがある。誰かから下りてくる仕事ではないが、なんとなくノルマがあるのが不思議だ。自分を自分でコントロールしているためだろう。どういうわけか、こうしないと自分は仕事をしない、とわかっているのだ。

ウグイが現れ、昨日と同じようにチューブに乗った。僕は彼女の顔を見るたびに、すべてを打ち明けてしまいたくなる。ウグイは僕にとって命の恩人なのだ。信頼できる人物にはちがいない。しかし、彼女は組織の一員であって、僕よりも、おそらく自分の職務を優先するだろう。そう考えれば、やはりすべてを話すわけにはいかない。

あの謎の女性も、ウグイには話すなと言った。あの一言が、僕を留めている最も大きな碇《いかり》のように思える。

　チューブの中では眠っていた。早起きした分の睡眠は取り戻しただろう。国会議事堂の建物の中で、三十分ほど時間を潰すことになった。僕は隣の博物館へ行きたかったが、ウグイは無言で首を横にふった。やはり、あのときのことが、彼女の中に重く深く残っているのだろう。三人を排除した、とウグイは言った。それは、三人殺したという意味に限りなく近い。しかも、彼女に言わせると、その三人は人間だったという。

「君は、子供が生まれないという問題をどう思っている？」コーヒーを飲みながら、二人だけでソファに座って向き合っていた。

「どうも思っていません。どう思ってもしかたがないことかと」

「科学者がなんとかする、と考えている？」

「いいえ。これは、最初から決まっていたことのように思います」

「つまり、自然に滅亡するように生き物はできているってことかな」

「そうです。植物も、同じ場所で同じ種が長くは存在できないと聞きました。いずれは枯れてしまい、発芽《はつが》しなくなると」

「それは、競争原理だね。別の種にとっての好条件が揃うからだ。ある種が繁栄すると、その種にとって有用な物質が大量消費される。今の人類の問題とは、メカニズムが異なっている」

「そうかもしれませんが、でも、結局は、そうなるようにプログラムされているのではないでしょうか？」

「遺伝子に？　ああ、なるほど、歳を取って死ぬようにできているのと同じように、種にも寿命があるってことだね」

「そうです」

「うん、でも、やっぱりそれも、今の科学は既に解明しているんだ。だから、誰も死ななくなった。限界はあるかもしれないけれど、いつまでも生きられる。精神的な崩壊がなければね」

「将来のことはわかりませんね。想像もできません。どうなるのでしょう。誰もが不安を持っていると思います。今までに経験したことがない環境になったのは確かだ」

「うん、今までに経験したことがない環境になったのは確かだ」

「環境、ですか？」

「環境だね。人間の内部に起因したことだけれど、私たちの周囲、この社会が、私たちが体験するものだ。そこには、死なない年寄りばかりが沢山いる。それから、ロボットから人間にどんどん近づいている人たちもいる。幸いにして、世界的な政治は、まあまあ上手く機能していて、戦争も克服できたようだし、エネルギィ問題もぎりぎり間に合った。食料にも不足はない。今の環境を維持することは可能だ。しかし、今の環境のまま、自分たちがずっと耐えられるのか、という不安がだんだん大きくなるだろう。次の世代に任せたい。自分は引退したいって、普通なら思う。昔はそうだったよね。それができなくなった。いつまでも現役だ。若者はいない。子供もいない。人間は減る一方。滅亡へ向かっているみたいな暗さなんだ。その滅亡さえ、自分が生きている間に起きて、自分の目で見なければならない」

「いっそのこと、ウォーカロンに世代を譲ってしまったら良いのではないでしょうか?」

「うん、それは、一考の価値があるね」僕は頷いた。僕自身それを何度も考えたことがあった。特に、昨日思いついた仮説の下では、その発想は現実味を帯びるし、もしかしたら、それが最も平和的な解決になるかもしれない、と思った。僕の測定システムは、むしろ不要になる。引退する者を選び出すだけの、リストラ要員選別の意味しかなくなるかもしれない。

しかし、ジンバが話していたように、これもまた階級的な発想といえる。引退して悠々自適に暮らしていけるほど、僕たち人間は偉いのだろうか。貴族みたいな真似ができるとつい考えてしまうのは、ウォーカロンが労働者だという偏見にほかならない。

バスが到着したという連絡があり、ウグイと二人でロビィへ出ていった。今日も、彼女以外にガードが何人かいる。バスにもいるだろうし、車であとをついてくるはずだ。

バスに乗り込むと、大勢の雑多な人種の男女が乗っていた。一番前の席に、リョウが座っていて、僕に隣の席に座るように指さした。ウグイは一つ後ろのシートに座った。もう一人、男のガードが乗り込み、奥へ入っていく。バスはすぐに動き出した。

「許可が下りたんですね。後ろの彼女は？」リョウがきいた。「昨日も顔を見た」

「助手です」僕は答えた。ウグイにも声が届いただろう。

珍しく、比較的晴れていた。しばらく走ったところで、郊外の自然が残る丘の上に低層の建物が見えてきた。バスはその丘の手前から地下へ入り、駐車場で停止した。順番に降りていき、ロビィに入った。天井が高く、上の半分が地上に出ているようだ。トップライトは自然光らしい。中央に地球を象《かたど》ったスチールのオブジェがあって、その地球を三人の人間が支えている。それは人間ではなくてウォーカロンかもしれない。

そこから先頭に立った受付嬢は、明らかにウォーカロンだった。わざと旧型を使ってノスタルジィを演出しているのだろうか。遊園地などでよく見られる光景だ。

会議室に案内され、見学者たちがシートに座ると、ステージに男が現れて挨拶をした。この研究所の所長だった。ホログラムを使って、簡単な施設の歴史と役割が解説される。専門家が聞いているのだから、少々レベルが低すぎるのではないかと思えた。僕でさえ、驚くような情報はなかった。ウグイには適度だったかもしれない。それでも、誰も文句を言わず大人しく聞いていた。説明は、あまり感心できたものではないが、この所長が人間だということを信じさせるには充分だっただろう。

ウォーカロンのメーカは、もともとはメカトロニクスが専門だった。初期型のウォーカロンはロボットだったからだ。それが、次第にバイオテクノロジィへシフトする。これが同じ企業内で成し遂げられたことは奇跡的だったと説明があった。つまり、自動車工場が養鶏場になるようなものだ。

これはなかなか本質を突いた物言いだと感じた。人々が、いまだにウォーカロンを蔑視《べっし》するのは、自動車工場から卵や鶏肉が出荷されているからではないのか。あまりにそれが連続的に行われたことが災いしている。どこかで社名を変え、呼び名も型式も変えるべきだったのだ。

説明する人間が交代し、若い女性が施設の配置と今日見学できる場所の説明を始めた。生産手法の開発が主な課題であって、ウォーカロンの基礎的な研究をしているのではない、それに関してはお集りの先生方にお任せしている、というような世辞を交えて語った。この女性はウォーカロンだろう、と感じた。

二十分ほど説明を聞いたあと、見学になった。会議室の前の通路で列を作り、進み始める。見学のあとで質問を受けるが、適宜疑問があったら尋ねて下さい、と案内嬢が言った。僕とウグイ、それにリョウは、最後尾だった。後ろにも、施設の係員が三名いる。勝手な行動を取らないように監視しているのかもしれない。

最初に見たのは、人工子宮の開発室で、ここでは実際に幾つかウォーカロンの胎児が育っている様子が見られた。それはデモンストレーション用のもので、実際には中が見える構造になっていない。見学用に特別に透明に作られたもので、胎児もレプリカとの説明だった。ウォーカロンが既にレプリカだから、見学者の何人かは、その表現に鼻から息を漏らした。

この段階が、最も工場あるいは生産と呼べるプロセスだという。なにしろ、その後は子供を教育する機関になる。それはここでは扱っていない。教育と医療を主とした施設で育てられることになる。頭脳回路の制御はそれほど頻繁ではない。技術的にはほぼ確立されたものらしい。

そのウォーカロンが育てられる施設はどこにあるのだろう。一度見てみたいものだ。ただの学校なのだろうか。施設の人の言葉では、スクールではなく、クラブと呼ばれていた。

胎児の段階で、死亡するようなことがあるのか、という質問が列の前の方であった。案内嬢は、その確率は現在では〇・四パーセント以下だと答えた。また、生まれる以前に不良が確認される確率も同じくらいの数字らしい。これは細胞の純化がもたらした恩恵だ、とつけ加えた。それは、正しい認識だろう。生まれたあとに病気になる確率も極めて低い。可能な限り混ざりもののない生命体なのだ。

その純化が、生殖を不可能にした。ウォーカロンは子供を産まない。これは、ウォーカロンの普及には、非常に都合の良い事実だった。何故そうなるのか、という理由がわからないまま、人間はそれを受け入れた。そして、その後しだいに人間の出生率も低下したわけだが、この関連に気づくのに何十年もかかったのである。

人工子宮は改良が重ねられ、制御プログラムが頻繁に更新されている。できるだけ早く胎児を成長させたいという要求があって、現在もそれに取り組んでいる。施設の研究者の半数は、このプログラムの開発・整備に関わっているという。

それ以外の研究室は、目立ったものがあるというわけでもない。ただ、研究者がモニタに向かって座っているだけだった。それらの研究者が人間か、という質問は誰もしなかった。おそらく半々だろう。

「あまり、面白くありませんね」リョウが僕に囁いた。「もっと、生々しい現場を見たかったのですが」

「生々しいというと？」

「たとえば、交換用臓器の作製技術とか、頭脳回路の書き換えの手順、あるいは装置とか……」

「やはり、企業秘密なのでしょう」

「そうです」と答えたのは、僕たちの後ろにいた施設の職員だった。「それに、その種のプロセスは、この研究所の守備範囲ではありません。日本でもない。今は、アフリカか、アイスランドのいずれかです」

「どうして、その場所なのですか？」リョウが質問した。

「いえ、土地柄には無関係です。たまたま既存の施設があったというだけです」

それは、順当な返答だ、と僕は思った。まさか、オリジナル細胞の調達に適しているなどとは口が裂けてもいえないだろう。そんな事実は、もうずっと昔のことだとも思われる。

そのあと、ある開発室が公開され、まもなく実用化するという技術が紹介された。それは、成人したウォーカロンに、追加的な細胞変革を促す手法で、これに近いものは、人間でも行われている。古来整形外科と呼ばれる医療技術に近いものだったが、現在は削除したり加えたりすることはなく、細胞が順次入れ替わって、全体の形を変える。変革という言葉が使われていたが、ようするに変身、あるいは変貌が近い。局所的な部位、たとえば顔だけであれば、二カ月ほど、躰全体に及ぶ場合は一年半ほどの期間を要するという。まだ解決しなければならない細かい課題が多数残っていて、それに取り組んでいる、と説明された。

見せられたホログラムでは、大柄な男性が華奢な女性に変貌する過程が示されていた。もうこんな段階なのか、と多少恐ろしくなったが、素直に科学技術の進歩を讃《たた》えなければならないのかもしれない。学者たちには、比較的好意的に受け止められたようだった。こうして少しずつ社会を啓蒙する広報活動の一環なのだろう。

僕が疑問に思ったのは、変革を実施した場合、頭脳回路はどうなるのだろう、という点だった。影響を受けないように細胞代謝の侵蝕を遮断するのだろうか。その技術は以前から研究されているが、これといった決め手はまだ現れていないはずだ。

見学は一時間ほどにわたった。最初の会議室に戻り、簡単な質疑応答の時間が設けられていたが、予定されていた時間になり、中途半端なところで終了となった。それでも、学者たちは拍手をし、所長は笑顔で頭を下げた。

# 4

地下駐車場でバスに乗り込んだ。ウグイの説明では、このバスは空港へ向かうらしい。学者たちの数名がこのまま帰国するからだ。そのあと議事堂へ戻り、また、最終的には近くの駅で解散になるという。もともとその駅前に集合して、彼らはやってきたのである。来たときと同じシートに座った。隣のリョウが、ランチを一緒にどうか、と誘った。つまり、駅に到着したあとのことだろう。僕は後ろを振り返った。ウグイが立ち上がって、リョウに英語で答えた。

「残念ながら、ハギリ先生は、このあと予定がございます。申し訳ありません」

そうだろうな、と思った。予定にないことは、受け入れられないはずだ。それがセキュリティというものだ。

リョウは、残念だと笑った。彼は海底鉄道で大陸へ行くと話した。バスは既に走っていて、ハイウェイに出た。来たときと道が違っているようだ。空港へ向かうためだろう。

僕は、人間とウォーカロンの社会について考えた。

もし、今のままだったら、少しずつウォーカロンが増えていく。人間は生まれないが、ウォーカロンは新しく生産される。哲学的な解決といえるかもしれないが、この際だから、それはもう人間の子供だとあっさり認めてしまうのが良いだろう。つまり、ウォーカロンも人間なのだと。そうすれば、一つの着地点が得られる。人口の問題も解決される。僕の技術は不要のものになるかもしれないけれど、ウォーカロンを人間に近づける技術として利用価値はある。ただ、人間に近づけなければならない理由が不明確だというだけだ。

一方で、子供を産む新しい手法が確立したときには、一悶着《ひともんちゃく》あるだろう。おそらく、先に実用化されるのはウォーカロンの方だからだ。もともと生産されるのに、産む必要はないとの主張も当然あるだろう。しかし、新技術というものは、必ず試される。良いか悪いかの問題は後回しになる。

ウォーカロンたちにしてみれば、子供を作ることができる新タイプは、また別の種族と見なされるかもしれない。その新しいウォーカロンたちは、これまでとは異なるアイデンティティを持つだろう。それに対して規制をするのか、それとも教育でコントロールするのか。実に悩ましい問題になるはずだ。

どこかでまだ人間の子供が生まれているとも聞いている。非常に少数ではあっても、古い細胞が受け継がれ、動態保存されているというのだ。もしそれが本当ならば、そこから子供を作ることができる人間を増やすことが可能だ。時間はかかるかもしれないが、人類が再び地球上で繁栄する未来が実現できる。

このとき、ウォーカロンは不要になるだろうか？

なにかの政策で、緩やかに方向性を示すことになるだろう。だが、どうしても不満な集団が現れるはずだ。誰も、人間とウォーカロンを同じものだとは認識していない。

昔の人たちは、こういった世の中の流れをどう考えただろう。自分が生きているうちに大きな変化はない。だから考えても無駄だ、と無関心になったのではないか。

今は違う。必ず自分の人生の中で起こる変化なのだ。未来とは、全員にとって自分の身に降りかかる現実なのだ。

突然、大きな音がした。

爆発だ。

バスのトラブルかと思ったが、異状はない。

「後ろです」ウグイが叫んだ。

立ち上がって後方を見ると、後ろを走っていた車が煙を上げて路肩に止まっている。それがみるみる遠ざかった。

乗っている学者たちも、顔を上げて後ろを見た。

ウグイは、連絡を取ろうとしているようだ。

あの車は、警察のものか、あるいはガードの局員が乗っていた。このバスの護衛だったはずである。なにかのトラブルだろうか。

ウグイが、窓へ顔を寄せ、上を見た。

「ヘリだ」ウグイが呟いた。

彼女は僕を見た。

「どうしたら良い？」と尋ねたが、彼女は答えない。

また爆発音。

今度は前方だった。白い煙が視界を一瞬で遮った。

バスは大きく揺れ、車線を変更しつつ、煙の中へ突っ込む。

シートにしがみついた。

バスの斜め前になにかが当たったが、衝撃は少ない。

前の車が爆発し、それをバスは避けて前へ出たようだ。あとちょっとで衝突していただろう。

ウグイは、窓から上を見ている。彼女の手には銃が既に握られていた。

バスは減速し、停車するかに思われた。

事故があったと認識したためだろう。

ところが、また急に加速をする。立ち上がっていた者が、シートに戻されるほどの加速度だった。

煙から遠ざかり、ヘリが横に来るのがわかった。

「伏せて！」ウグイが叫んだ。

僕はシートからずり落ちるように、踞《うずくま》った。

ガラスが破れる。

飛び散る。

横から攻撃を受けたようだ。

バスはまた少し減速した。しかし、走り続けている。

ウグイは、いつの間にか反対側へ行き、窓を開けた。

シートの上で膝を立て、銃を構え、遠ざかるヘリに向けて発砲した。

彼女の弾は、曲線を描いてヘリに到達する。

赤い炎が上がった。

ヘリは傾き、すぐに見えなくなった。

道路は下り坂になり、両サイドの土地が高くなったためだ。

爆発音が聞こえた。

ヘリが墜《お》ちたのだろうか。

そこでトンネルの中へ入った。

ウグイが僕の横に来た。

「きっと、また来ます。先生、もっと後ろの席へ。前は危険です」

「何が来るって？」

僕は、三つ後ろのシートへ移った。リョウも一緒だ。

学者たちはなにも言わない。床に伏せていて、話もできない。

バスが何故停まらないのか不思議だった。

トンネルの中を走っている。前にも後ろにも車はいない。反対車線は別のトンネルらしい。前方には、小さなライトが続くだけで、右へ緩やかにカーブしている。出口は見えない。

僕は顔を上げて前方を見ていた。

ウグイがバスの最前列で銃を構えている。

トンネルで停まれば、ヘリは襲ってこない。

ここでバスを停めて救援を待つべきだ、と提案しようかと思った。

バスをマニュアルで停めることは簡単なはずだ。ウグイは何故それをしないのか。走っている方が安全だと考えているのか。あれだけの事故があったのにエマージェンシィと判断していない。バスが停まらないのは、なんらかのコントロールを受けているからだろうか。停められない可能性もある。

前方になにか見えた。

三人、いや四人か、人影だった。

みるみる近づいた。

ウグイが伏せる。

僕も頭を下げた。

バスの前のガラスが砕け散った。

細かい破片が、僕の顔に幾つも当った。

バスは急ブレーキをかける。前方に躰が滑る。前のシートのフレームにどうにか摑まった。

ウグイが立ち上がり、前方へ二発撃った。

バスは停車する。

悲鳴を上げる者があった。

ウグイはまた撃った。

しかし、閃光とともに、彼女の躰が僕の方へ飛んできた。

僕は咄嗟《とっさ》にそれを受け止めた。

ウグイは一瞬だけ僕を見たが、躰は動かない。

腹部と、肩に穴があった。血が流れ出ている。

バスのドアが開き、次々に人が乗り込んできた。ヘルメットを被り、黒っぽい服装だった。銃を持っている。こちらへ向けている。

バスの後方へ向けて撃った。振り返ると、ガードの男が倒れるところだった。

その同じ銃口が、僕を捉える。

「その女は警察か？」先頭の者がきいた。「抵抗するな」

「先生」僕が抱きかかえているウグイが囁いた。「退《ど》いて下さい」

「え？」僕は彼女を見た。一瞬彼女から離れた。

ウグイの手が持ち上がる。彼女は銃をまだ持っていたのだ。

「やめてくれ！」リョウが叫んだ。

先頭の男が撃った。

ウグイの躰が振動する。

胸の辺りだ。

リョウが前に飛び出したが、同じ銃ですぐに撃たれた。

彼はシートの間に飛ばされた。

二番手だった男が前に来た。僕のすぐ近くで膝を折った。ウグイの手から、銃を奪い取る。こちらを見ている。ヘルメットの風防越しに一瞬顔が見えた。

彼は立ち上がり、数歩後退する。

「抵抗すれば、躊躇なく撃ちます。大人しく、ゆっくりと、バスから降りて下さい」そう英語で言った。声はジェントルで、穏やかな口調だった。

後ろのシートで恐る恐る立ち上がる者があった。

「従うしかないだろう」という囁きが聞こえた。

僕はウグイの躰を引き寄せ、シートの間に寝かせた。彼女は目を開けたままだった。もう鼓動は止まっている。幸い、顔に傷はない。ただ、綺麗な血が飛び散って、片目が赤く染まっていた。

## 5

バスを降りるまえに、リョウにも近づいて、様子を見た。彼は怪我をしているが、まだ息をしている。それを確かめてからバスを降りた。僕が最後だった。

学者たちは、路肩の段差に腰掛け頭を両手で抱えて下を向いている。その前に、銃を構えた四人が立っていた。トンネルのライトが彼らの影を幾つにも分散させて映している。いずれも同じヘルメット、同じ服装なので、誰がウグイを撃ったのか既に判別できなかった。

　早くしなければならない、という思いがあった。

　リョウもそうだし、ウグイもまだ助かる可能性がある。

　前方から車が後退してくる。あの車に乗るのだろうか。荷物を運ぶためのワゴンタイプだが、全員を乗せるほどの大きさではない。これからどうするのか。

「ハギリ・ソーイはいるか？」ヘルメットの一人が言った。

　みんなが顔を少し上げ、僕の方を見た。

「私です」と答える。

「立て、こちらへ」そう命じられたので、僕は前に出た。

　もうここまでだ、と思った。自分だけ殺されるのだ。

「ほかの者には用はない。最後の祈りを」そう言って、四人が銃口を構える。

「待ってくれ」僕は一歩前進した。「この人たちを殺してはいけない。人類を救う大事な頭脳なんだ」

「それは認識している。議論するつもりはない」

「何のためにこんなことをしている？　誰が指導者だ？」僕は尋ねた。

ヘルメットの男は、銃を一発だけ撃った。

さきほどまで僕の隣にいた女性が、踞るように前方に倒れた。

「待ってくれ。抵抗はしないから……」また近づいた。

ヘルメットの中の顔が見えた。若い男性だ。ウォーカロンだろうか。四人ともがほぼ同じ体格だった。黒い伸縮する服装だ。その胸に、緑色の熊のマークがあった。軍隊のマークだろうか。

熊?

何故、熊なんだ?

「よし、全員壁に向いて立て」男は叫んだ。

学者たちが立ち上がり、背中を向けようとする。なかなか揃わない。

「話がある」僕は、一番近い男に近づいた。

その男だけがこちらを向いた。

「黒い魔法を知っているか?」僕はきいた。

「何?」

「赤い魔法を知っているか?」続けてそう尋ねた。

何も起こらなかった。

僕は、数秒待った。男たちは動かない。

目の前の男から銃を奪い取り、僕はそれを四人に向けて撃った。

銃は、一度だけ撃ったことがあった。もう忘れてしまったが、若い頃のことだ。引き金は軽く、連続して弾丸を発射した。大半は、トンネルの壁面に当たったようだった。

四人は、その場に崩れ落ちた。

学者のうちの何人かが、彼らのところへ駆け寄って、武器を奪った。

いろいろな言葉が叫ばれ、反響した。

まだ頭を抱えている人も。

僕に笑顔を向ける人も。

僕は、頭がぼうっとしていた。

バスの後方から、サイレンを鳴らして警察の車が近づいてくる。

一方、前方で待っていた車は動かない。そちらは無人のようだ。

もう敵はいないのか。

持っていた銃を、女性の学者に譲《ゆず》り、僕はバスの中へ飛び込んだ。

リョウを見て、それからウグイを見た。

どちらも、動かない。

リョウは、胸に一発、すぐ手当てをすれば大丈夫だ。

ウグイは、胸、腹、肩に三発受けている。彼女の顔に触れると、まだ温かかった。心臓が止まっているのは、流血には良いかもしれないが、頭脳には致命傷になる。顔の血を拭いてやり、目も閉じさせた。髪を綺麗に整えた。

可哀相《かわいそう》だった。

真面目すぎた。

一人で立ち向かうことはなかった。

学者の一員の振りをしていれば、助かったかもしれない。

もう少し、ずるかったら、生きられたのに……。

それから数分して、やっと救急隊員がバスに乗り込んできた。

## 6

チューブのステーションまで僕を迎えにきてくれたのは、シモダだった。代わりの局員がいなかったのだろうか。彼は、僕が無事で良かった、とまず言った。それから、無言で彼の部屋まで行き、そこで何があったのかを僕は説明した。

それは、警察にも話したとおりだった。同じ内容だが、ウグイの行動については、より詳細に伝えた。彼女が職務を全うしたことは疑いようもない。シモダは、無言で軽く頷いただけだった。

僕は、敵から銃を奪って反撃したことになっていた。これは、警察も同じ認識だった。こちらが説明をする以前に、その場にいた人たちが、みんなそのように証言をしたからだ。したがって、僕には、真実を話す機会がなかった。銃を奪ったのは確かだ。目撃者たちは下を向いていたか、壁を向いていた。日本語がわかる人がいなかったのかもしれない。数人が振り向いたようだが、僕が銃を奪う瞬間からしか見ていなかったのだろう。

あの四人は、ウォーカロンだった。登録によれば、旧型で軍用だったという。緑色の熊のマークは、九州に駐屯《ちゅうとん》する小隊らしい。そこのトレーニングスーツを着ていたのだ。この四人は、数年まえから行方不明になっていた。

警察の車をレーザ砲で攻撃したヘリは、無人のものだった。どこから飛んできたのかはわからない。少なくとも、基地や一般飛行場ではない。ヘリはウグイが撃ち落としたので、残骸を回収して詳細を分析中だ、とシモダが語った。

今日のではなく、以前の事件の調査結果についても幾つか新しい情報を、シモダは教えてくれた。まず、僕の研究室の爆破事件では、僕のアパートの管理人だったスイミが逮捕された。カメラの記録や彼女の部屋の捜索から証拠品が見つかったらしい。彼女は、否認していて、なにも語っていない。これは、僕には衝撃だった。彼女は、まちがいなく人間だ。少なくとも僕が知っている彼女は人間だ。どこかでウォーカロンと入れ替わったのではないか、と思ったが、それも非現実的すぎる。

さらに、アリチの家の爆発では、彼の妻が実行犯であるとの報告があったという。アリチも言っていたとおり、彼女はウォーカロンだった。自分も死ぬ覚悟で爆発させたということだ。また、アリチに毒を飲ませたのも彼女らしい。訪ねてきた友人は無実で、この人物は、今もアリチの世話をしているそうだ。

犯人はわかっても、それがどのような目的であって、誰が指示をしたものなのかはわからない。単独の犯行でないことは、その後に続いた襲撃が証明している。

「ただ、今回は少し違う」シモダは言った。「先生を殺そうとしなかった。生きて連行することが目的だった」

「博物館の前に来た三人だって、そのつもりだったかもしれませんよ」

「それは、そうですね……。先生の頭脳を、向こうは欲しがっているわけです」

「なんか、間違えているんじゃないかな。困るなぁ……」僕は溜息をついた。「自分でも価値を感じないのに」

「なにか、お隠しになっていることがありませんか?」シモダはきいた。

「いや、そりゃあ、人に言えないものはありますよ。でも、それは恥ずかしいから言えないだけです。価値はない。断言できます」

「生殖のメカニズムに関することですか?」シモダはきいた。

そうか、やはり知っているのか、と少しほっとした。

「情報局は、どれくらい把握しているのですか？」

「そのまえに、先生がどれくらいご存じなのか、教えてもらえないと、話せません。これは、国家機密です。大臣だって、一部の人しか知らない」

「でも、案外大勢が気づいているわけですよね。いえ……、私はほとんどなにも知りません。ただ、私の前に現れる人たちがみんな、その話をしました。アリチ博士、チカサカ氏、それから、リョウ先生、あと世界委員のジンバ氏……」

「我々が最初の情報を摑んだのは、アリチ博士の事件のあとです。ですから、先生とほとんど同じですね」

「他の国の情報機関は？」

「友好国とは連絡を取りあっています。お互いに探りを入れている段階です」

「こんな情報を握っていると、また命を狙われますか？」

「先生の場合は、それだけではないように思います。やはり、ウォーカロンの思考回路に関する研究が目的でしょう。それが欲しいのか、それとも阻止したいのか、まだ摑めません」

「けっこうマイナな研究分野だから、ほかにいないということはあるのかも。そこを狙って研究を進めてきたわけですけど……。まさか、命を狙われるようなことになるとはね」

「生殖メカニズムについては、既に何人も犠牲者が出ています。アリチ博士の以前にも、事故死が国内で一件、国外でも一件。今日も、三人の学者が撃たれました。先生がいなかったら、二十一人が亡くなっていたかもしれません」

「三人は、救えそうですか？」

「それは、まだ報告を受けていません」

「ウグイは？」

「あれは……、期待はできません」

「彼女は、今の話、生殖メカニズムのことを知っていましたか？」

「私よりも下の者は、誰一人知りません。ニュークリアにいる者で、知っているのは、私と先生の二人だけです」

「相談しなくて良かった」

「他言なさらない方が安全です。どこまで知っているのか、という疑惑を招くだけです」

「あ、そうだ、一つだけ引っ掛かることが……」

「何でしょうか？」

「ミチルという少女のことです。ご存じですね？」

「ええ」

「彼女は、どこから来たのですか？」

「残念ながら、それはお話しできないのです」

「どうしてですか？」

「それも、お話しできません」

「わかりました。では、これは、ご存じでしたでしょうか？　私は、ミチルの保護者だという人物に会いました。向こうからアプローチしてきました。非常に重要な内容を話しました。こちらの事情に詳しく、また、さきほどの機密についても充分な理解があるようでした。いかがですか？」

「それは、いつの話ですか？　本当ですか？」

「嘘を言う理由が私にはありません」

「何故、報告しなかったのですか？」シモダは、不機嫌な目になっていた。

「しろと言われませんでしたし、それに、ミチルについては、話題にしてはいけないような雰囲気がありましたので」

「アプローチしてきたというのは、どうやって？　ネットを通じてならば……」

「察知できるはずですね」

「では、どうやって？」

「もう少し詳しく話しましょう。チカサカ氏からもらった本を翻訳して読んでいたら、そこにメッセージが浮かび上がりました。童話のようなたわいもない文章でした。しかし、すぐにそれが見えなくなったので、不審に思って、いろいろ調べてみました。すると、今度は少女の映像が幾つも検索で現れるのです。それが、ミチルでした。実際のミチルが来るよりもまえのことです。だから、彼女を見たときには、本当にびっくりしました。それから、これは蛇足《だそく》かもしれませんが、その童話によって、私は命拾いをしたんです」

「どういう意味ですか？」

「まあ、それは良いとして、私の前に、ある女性が現れました。私がニュークリアを抜け出したときです。私が外に出たことを知って、会いにきたのです。ウグイが来ましたが、それよりも早かった。彼女は、ミチルの保護者だと言いました。名乗りはしなかった。私が読んだ童話を知っていました。つまり、その童話は、彼女からのメッセージだったのです。おそらく、翻訳ソフトの中に仕込まれたルーチンで、それが、あの〈熊の生態〉という本の中のキィワードで作動したわけです。チカサカ氏がその本を私に渡したのも彼女の指示だった」

シモダはソファにもたれ、顎に手を当てたまま、僕を見据えていた。目を細めて、口は歪んでいる。必死に考えているのだろう。

「チカサカ氏は、メーカから逃亡したウォーカロンが、ある組織を作った、そこが私を狙っている可能性がある、と言いましたが、その女性は、その組織からさらに分裂した別の組織だと指摘しました。これは、シモダさんは把握されていますか？」

「いいえ」シモダは首をふった。「どうして、今までそれを黙っていたのですか？」

「日本の政府、あるいは、この情報局も私は信用していませんでした。ウグイは私を監視しているだけかもしれない。世間から隔離して、つまり私を抹殺したのと同じ効果を得ているのでは、という疑念を持っていました」

「まさか、そんなことは……」

「ええ、命懸けで私を守ろうとしたウグイを見て、それは間違いだったと理解しました。だから、こうしてすべてをお話ししているのです」

「わかりました。先生のそのご判断は正しい。話していただいたことには感謝をいたします」

「その女性は、ウグイには自分のことを内緒にしておいてくれ、と私に言いました。黙っていた理由の一つはそこにあります。しかし、貴方はウグイではない。私は、彼女との約束を破ったわけではありません」

「ウグイの名も知っていたのですか？」

「そうです。ウグイは、その女性を見ています。すれ違った」

「なんというか……、信じられません」

「さて、次は私が質問する番だと思うのですが……」

「それは、わかっています。しかし、そのまえに、私の方から一つ、打ち明けた方が良いと思うものがあります。どうも、情報が敵に察知されすぎる。頻度《ひんど》で集計してみると確率がここ三カ月で三倍にもなっているんです。これは、プロトコルの暗号が破られている証拠です。これ、先生はご専門なのでは？」

「ああ、ええ、もうだいぶまえのことです。まえのまえの職場にいたときに、その研究をしていました。すっかり忘れてしまいましたよ」

「リアルタイムの機密情報通信に多用されます。各種の暗号を開発してもらい、それをストックし、その中から無作為に選んで用いています。破られれば次の暗号に変更します」

「まだその旧来の方式なんですね。えっと、三十五年くらいまえかな、私も一つ案を出しました。一カ月くらい缶詰《かんづめ》になって、計算式を作るんです。まるで、入学試験の問題委員になった気分でしたね」

「そうですか。覚えていらっしゃったのですね」

「どんな式だったかまでは覚えていませんよ。資料もメモも、計算用紙さえ持ち帰れないんですから」

「先生のお考えになった式が、来週から採用されることになりました」

「へえ……。そうなんですか、それは、なんと言ったら良いのか……」

「制作者に報告は行きません。今のは機密事項です。本当は話すつもりはありませんでした。しかし、現在のものがそろそろ更新されるだろうと、当然ながら敵も考えます。そして、次に使われるプロトコルが何かも、探り当てたんです」

「本当ですか？　そんなことが可能ですか？」

「侵入の痕跡が認められました」

「どうするんですか？　また破られますよ」

「先生の式は、どれくらい耐えるとお考えですか？」

「いや、それは、わかりません。でも、私のは、そうですね、一年くらいかな」

「普通の式は、平均で三カ月ともちません」

「そうなんですか」

「先生の式は、少し強固かもしれません。その一年間は、敵は先生の頭脳、記憶を欲しがるでしょうね」

「え？　では、私が狙われていたのは、それだったんですか？」

「いえ、そうではなく……」シモダは小さく首をふった。「これからも、狙われるかもしれない、ということです」

「でも、今度は、殺されないかもしれないですね」

「今回だって、殺すつもりはなかった。誘拐が目的です」

「そうか……」深く息を吸い、ゆっくりと吐いた。

「プロトコルを別のものに変更すると、こちらが侵入に気づいたことが察知されます。しばらくは、今のままで優位さを維持したい。いざというとき、役立つからです」

「では、今回は、ウォーカロンの識別システムではなかったのですね」

「そちらも、まだ狙われる価値はありますが、もう発表されてしまったものは、対象外でしょう。あったかもしれませんが、主目的ではなくなるということです」

「暗号式とはね……。そんな昔のこと、忘れていましたよ」

「研究者というのは、どうも、そういうものらしいですね」

「今取り組んでいるテーマで頭がいっぱいなんです」

「でも、社会では、二十年、三十年もまえの研究業績が、やっと実用化します」

「そうか……」僕はまた溜息をついた。「わかれば、多少は安心できます」

「くれぐれも、内密に」

「もちろんです」

「さて、それでは、先生のご質問にお答えしますが……」シモダは両手を組み合わせ、祈るように上を見上げた。「その、先生に会いにきた女性が誰か、という点です」

「え、誰なんですか？」

「おそらく、本人ではない。本人の分身というか、ウォーカロンです。その科学者は、ウォーカロンの生みの親でもあります。歴史的な人物です」

「まさか、マガタ博士？」

「たぶん……」シモダは目を細め、しばらく黙った。

「いえ、だって……、そんなことは……」

マガタ博士は、二世紀も昔の歴史上の人物である。数多くのネットウェア、人工知能などに多大な影響を与えた科学者だ。知らない者はいないが、彼女の業績は過去のものであり、話題になるようなことはない。

「本当ですか？」シモダが黙っているので、僕は問い直した。

「わかりません。私が確認できるレベルではない。ただ、その領域は今でもブラックボックスなんです。立ち入れない」

「もしかして、生きているのですか？」

「生きているかどうかは、問題ではないのでは？」シモダは言った。

その意味は、よく理解できる。今の時代、生きていることの定義が非常に曖昧だ。人は死なないし、人工知能は、既に人間の能力をはるかに超えている。実際に言葉にする者は少ないが、世界を支配しているのは、その種の完璧な知能であることは揺るぎのない事実だ。

「今度もし会うようなことがあったら、きいてみます」としか言えなかった。

シモダは、そこでほっとしたように微笑んだ。

# 7

その後の僕は、少し気楽な立場になった。測定システムの研究は補正についても一段落して、助手のマナミは、これまでの経緯を報告書に纏《まと》める仕事をしている。ずっとニュークリアの中にいるので安全だ。誰かと会う約束もない。

次の研究テーマを決めるための勉強をしていた。新しい論文を広い分野で漁《あさ》った。その中から自分の進めている研究で活かせないか、なにかヒントはないか、面白そうなものはないか、と考える。そういった目標のはっきりしない探索だから、まるでぼんやりと未開の土地を歩いているような気分で、これがこのうえなく楽しい。研究をしている時間の中で、この期間が最もわくわくする。

それでも、まったく新しいことは難しいわけで、少しずつ同時進行させている幾つかの候補の中から、これが一番ゴールに近そうだとか、一番金がかからないだろうといった基準で選び出すことになる。

以前から、次はこれだろうと思っていたテーマが、やはり引きが強い。早く片づけてくれ、と懇願《こんがん》されるみたいに感じた。時間はいくらでもあるのだから、なんでも良さそうなものなのに、こうして迷ってしまうのも不思議な感覚だ。たぶん、突然の事故で命を落とすことがあるのでは、と無意識に想定しているのだろう。

しかし、それらとはまったく別の次元で、僕はウォーカロンと人間の生殖技術に興味を抱くようになった。それは研究というよりは、とにかく現状を自分なりに把握したいという欲求だった。なにも知らない分野だから、五十年ほど遡って資料に目を通さなければならないだろう。一日にどれくらいこれに時間を配分するか、ということも考えた。僕は子供の頃から、自分に対して時間割を課す癖がついている。まあ、良いところ二時間かな、と思った。それでも、起きて活動している時間の八分の一だ。そんなにウェイトをかけるなんて、よほどこの問題が気になるのだな、と思った。

他人事のように感じているのだが、しかし、人類にとっては大事な問題だ。たぶん、大事だと思う。否、わからない。もしかして、それほど大きな問題ではないのかもしれない。なにしろ、子供が生まれなくても、ウォーカロンは再生できる。人間であっても、半永久的に生きられる。お互いに殺し合わないかぎり、滅亡することはしばらくないだろう。そんな悲劇的な道は、たぶん誰も考えていないことを祈ろう。

結局のところ、すべては、人の心がどう捉えるのか、という問題に帰着する。子供が生まれるとはどういうことか、生きているとはどういうことか、人間とは何なのか、そして、この社会は誰のものなのか……。

きっと、それらをこれから長い時間をかけて考え、話し合い、少しずつ新しい思想を受け入れていくしかないのだろう。

科学者の僕たちでさえ、まだしっかりと決められないのだ。一般の人たちが議論をするには、少し早いかもしれない。時間がかかるだろう、きっと。

とりあえず、暴力的な行為だけはやめてもらいたいものだ。そんな非生産的なエネルギィ消費は、どう考えても不合理だ。暴力に訴えるのは、結局は思想や哲学が未熟だという証拠といえる。どんな思想、どんな哲学も、自由に主張して、議論をするべきだ。話し合う時間は、いくらでもあるではないか、とそう思うのである。

もしかしたら、その時間を気づかせることが、〈赤い魔法〉なのかもしれない。

# エピローグ

　僕はしばらくカウンセリングに通うことになった。ニュークリアの中に、その施設がある。通常は機械が相手をしてくれるのだが、僕の場合は少し特別だったのか、女性の先生が担当だった。優しい人で、母性を感じさせる包容力がある。こういう仕事をしていると自然にそうなるのか、それとも訓練の結果なのかはわからない。

　あの事件のあと、しばらくはなんともなかったのだが、半月ほどした頃から、眠れなくなった。本格的な不眠というのを、僕はこれまでに経験したことがない。軽度な場合は、薬を飲んだけれど、今回はそれが利かなかった。また、眠ると夢を見て、それで目が覚めてしまう。その夢は、人を銃で撃つものだった。したがって、原因はすぐに特定できた。

　僕は人を四人も撃ったのだ。死んだかどうか、またウォーカロンだったかどうか、あるいは、正当防衛だったとか、大勢の同胞を救うためだったとか、そういった理由はこの場合まったく無意味なのだそうだ。

　心の傷というのは、そんな理由によって治癒《ちゆ》するものではない。理屈ではない、ということらしい。これには困った。僕は何事においても理屈で判断する人間だ。科学というものに身を投じているのだから当然といえる。

自分ではどうすることもできなくなって、結局初めて、この精神治療なるものを受けるに至ったのである。

といっても、事情を具体的になかなか話せない。重大な機密に関わるからだ。しかし、仕事で人を撃ってしまったこと。仲間も何人か撃たれたこと。それは話した。

「そのとき、どう思いましたか？」と優しい先生は尋ねるのだ。この質問を何度も受けた。

僕は、どう思っただろうか？

大変だ、困ったことになった、と思っただろうし、自分の身をどうやって守れば良いかと考えた。相手が何をするつもりか、と想像したし、このままではまずい、と考えただろう。

そういえば、とにかく相手に従ってその場を無難に切り抜けよう、とは考えなかったように思う。一か八かならば、たぶん、飛びついて銃を奪う機会を狙っただろう。ただし、相手は僕よりもずっと頑強で、その作戦は無理だと予想できた。

「それじゃあ、どうして無理をしたの？」先生はきいた。

無理？　無理だったのかな。

そうか、僕は、ウグイの顔を思い出した。

目を開けたままで、片方の目が赤かった。

無理をする価値があると、一瞬考えたことは事実かもしれない。

それに、無理をしたわけではない。ふと、これを試してみようと思っただけだ。これは、先生には話せない。誰も知らない。シモダにも話していない。見ていた者、聞いていた者もいなかったのだ。

あのとき、なんとなく、それを思いついた。

今となっては、もの凄く不思議だ。あの場であれを発想するなんて、考えられない飛躍ではないか。

しかも、僕にそれを言わせたのは、マガタ博士なのだ。

人間の頭脳のメカニズムを見切っていた、ということだろうか。そこが一番の驚きでもある。

「どうしました？　この話題は避けたい？」先生が質問をする。

「そうですね。はっきりと覚えていないのです」僕は嘘をついた。

こんな嘘を語っていたら、カウンセリングは失敗だぞ、と自分に言ってやった。

「なんとか、ならないでしょうか？」僕は先生に懇願した。「どうも、毎日頭が重いんです。すっきりしなくて……」

「睡眠不足とは、そういうものですよ」

「薬で眠れませんか？」

「眠れますけれど」先生は首をふった。「すっきりしないのは同じこと」

「運動をしたら良いかもしれませんね」

「試したのでしょう？」先生は微笑んだ。お見通しのようだ。

「ええ、ジムで走ったりしたんですが、疲れるばかりです。全然効果がありません」

「なにか、やはり、忘れられないものがあるのよ。それを思い出して、私に教えてくれなくちゃ」

「忘れられないものを、忘れてしまっているのですか？」

「貴方ね、ちょっと理屈っぽいの。自分でわかっていますね？」

「ええ、わかっています」僕は微笑んだ。

「まあ、こういうのは時間がかかるものよ。あまり、いらいらせず、気長にね。調子が悪いときもある。それが人間。それくらい普通って考えなくちゃ」

「そうですね……。あの、私の症状は、軽度ですか？」

「軽度です。では、一週間後の同じ時間に」

「はい、ありがとうございました」

今日はあまり優しくなかったな、と思って通路に出た。

部屋に戻ると、ドアの前にシモダともう一人女がこちらへ歩いてくるところだった。

「あれ、約束していましたっけ？」と尋ねると、シモダは肩を竦《すく》め、

「急用なので」と答えた。

部屋に入り、ソファに座った。シモダが対面に座る。もう一人の女性はドアの前で立っていた。髪が短く、スカートを穿《は》いている。珍しいファッションだ。

「明後日のことで、急なんですが、先生に行っていただきたいところがあります」シモダが言った。「チベットです」

「チベット？　えっと、インドの上の？」

「ええ、行かれたことは？」

「えっと、修学旅行で」

「ああ、それはちょうど良い」

「何がちょうど良いのですか？」

「九カ国首脳会議が開催されるのはご存じですか？」

「知りません。そうなんですか。九カ国に日本が入っているのですか？」

「ああ、ええ……。それで……、それに合わせて、非公式で、人類問題の国際会議が開かれます。それに出席していただきたいのです」

「私が？　どうしてです？」

「まあ、その、情報局の一員として」

「あれ、私は情報局の一員なんですか」

「はい、お願いします」

「わかりました。いろいろ情報を探ってこいというわけですね？」

「私が先生を推薦しました」シモダはそう言って微笑んだ。

「それはそれは……。ええ、わかりました。まあ、暇だし、気分転換には良いでしょう」

「気分転換？　何のですか？」

「いえ、最近、眠れなくて……」

「ああ、それは良いかもしれない」

「それ、根拠がありますか？」

「それで、先生に同行する新しい局員を紹介しようと思いまして、連れてきました」そう言うとシモダは後ろを振り返った。

彼女は、こちらへ歩いてきて、僕の前に立ってお辞儀をした。僕は立ち上がって、片手を出した。ライトな握手ができた。

「ウグイと申します」彼女は言った。

「え？」座ろうとしていた僕は、中腰で止まってしまった。

もう一度彼女を見る。

「ウグイ？　ファーストネームは？」

「マーガリィ」

「マーガリン？」

「マーガリィ」ゆっくりとした口調だった。

「声は同じだ」僕は言った。「でも、顔が……」

「ついでに直しました」

「ついで？　直した？」

だんだん笑いが込み上げてきて、僕はしゃべれなくなった。

「先生に助けていただいて感謝しています。お礼を申し上げるのが遅くなって申し訳ありません」ウグイは言った。

「そうなんだ……。もう大丈夫なの？　すっかり治った？」

「だいたい」

「どこか悪いところが？」

「記憶が少し飛んでいます。最後がどうだったか、思い出せません」

「ふうん。それだけ？」

「たぶん」

「少し、落ち着いた感じにみえる。一皮むけたというか」

「最後がどうだったか、先生に教えていただかないと」

「私もよく覚えていないよ。あ、でも、君の最後の言葉は覚えている」

「何て言いましたか？」

「先生、退いて下さい」

冒頭および作中各章の引用文は『アンドロイドは電気羊の夢を見るか？』（フィリップ・K・ディック著、浅倉久志訳、ハヤカワ文庫）によりました。

〈著者紹介〉

森 博嗣（もり・ひろし）

工学博士。1996年、『すべてがＦになる』（講談社文庫）で第１回メフィスト賞を受賞しデビュー。怜悧で知的な作風で人気を博する。「Ｓ＆Ｍシリーズ」「Ｖシリーズ」（共に講談社文庫）などのミステリィのほか『スカイ・クロラ』（中公文庫）などのＳＦ作品、エッセイ、新書も多数刊行。

# 彼女《かのじょ》は一人《ひとり》で歩《ある》くのか？

Does She Walk Alone?


2015年10月20日　第１刷発行　　定価はカバーに表示してあります

著者……………………………森《もり》 博《ひろ》嗣《し》





発行者…………………………鈴木　哲

発行所…………………………株式会社 講談社

〒112-8001 東京都文京区音羽2-12-21

編集03-5395-3506

販売03-5395-5817

業務03-5395-3615

本文データ制作……………講談社デジタル製作部

印刷……………………………株式会社廣済堂

製本……………………………株式会社若林製本工場

カバー印刷…………………慶昌堂印刷株式会社

装丁フォーマット…………ムシカゴグラフィクス

本文フォーマット…………next door design





ISBN978-4-06-294003-0　N.D.C.913　262p　15cm